ベリーズ文庫

冷徹社長は溺あま旦那様
ママになっても丸ごと愛されています

西ナナヲ

JN179870

STARTS
スターツ出版株式会社

目次

冷徹社長は溺あま旦那様
ママになっても丸ごと愛されています

一年間。

けっして短くないその期間、私を求め続けた彼の手は熱く、ひたむきだった。

ついに私を手に入れた、子どもみたいな純粋な喜びと、男性的な猛《たけ》りが仕草にも目つきにも表れていて、この人のこういう素直さが本当に好きだとあらためて感じた。

熱いよ、と彼が笑った。

そっちもね、と私も笑い、抱きあってキスをした。

明け方、汗ばんだ身体《からだ》をシーツに横たえてまどろむ私を、彼がうしろからぎゅっと抱きしめた。

寝ないの、と聞くと、もったいないから起きてる、と答え、また私を笑わせる。

私も起きていたかったけれど、甘い疲労に負けて瞼《まぶた》を閉じた。

はじめて一緒に迎える朝を夢見て。

それが最後になるとも知らずに。

アイム・ア・マザー

　順を追って説明しよう。

　私には、一歳九カ月になる娘がいる。

　会社は一年前に辞めた。心情的には辞めざるを得なかったというほうが正しい。今は近所のスーパーマーケットで、パートの仕事に就いている。二十九歳。未婚だ。

　なぜ結婚しなかったのかというと、この目の前に座っている男、狭間《はざま》了《りょう》が……。

「なあ、待って、全然順を追ってない」

「あらそう、失礼。いきなりあなたが現れたものだから混乱してて」

「変わってないな、その気の強い感じ」

　了が不満そうに口を尖《とが》らせ、アイスコーヒーをする。妊娠中と授乳中、二年間にわたって、コーヒーも紅茶もチョコレートも生クリームも我慢しなければいけなかった日々を思い出した。

　彼はさっきから私のほうを見ない。一緒にいた頃の私とは、かけ離れた容姿をしているからだろう。

欠かさなかったネイルも物理的、経済的事情からやめた。爪切りでぎりぎりまで切って、やすりで丸くして終わり。

明るくしていた髪も地毛に戻り、味気ないヘアゴムでひとつにまとめている。それなりに手入れはしているものの、美しさとはほど遠い。

オフィスファッションなんて遠ざかって久しい。家事の時間を短縮するため、タオルと一緒に丸洗いできるものしか身につけないと決めたのだ。すなわち綿のシャツもしくはスエットにデニム、以上。

ヒールなんて履けるわけもない。ローヒールパンプス？　母親の危機管理意識をなめてはいけない。危なっかしく走ることをおぼえた娘をいつでもダッシュで追いかけられるよう、そして抱っこしたまま履けるよう、スリッポン一筋だ。

様変わりした自分がガラスに映り込むたびに嘆《なげ》くのはやめた。アメリカのホームドラマの登場人物に似てきたと思えば、少しはハッピーになれる。

インポートブランドがこぞって広告を入れたがるハイエンド女性ファッション誌、『Selfish《セルフィッシュ》』の副編集長、伊丹早織《いたみさおり》はもう存在しないのだ。

「そんなに強くもないくせにさ」

グラスに残った氷をつつきながら、了がぼそっと言った。

そのへんに立っているだけで人を振り向かせるような、バランスのいい長身と、なんとも感じよくあっさり整った顔立ち。よく言えばおおらか、悪く言えばちゃらんぽらんな性格を反映して、浮かべる表情は明るく、見る人をいい気分にさせる。

着ているスーツは、仕立てのよさがひと目でわかるフルオーダーだ。この暑い日にもスリーピースをきっちり身につけ、今はベスト姿。三年前から体型も変わっていない。必要なだけの筋肉がついた、ほどよくスリムな身体。

私が人生の岐路《きろ》で右往左往し、あらゆるものを手放し、絶望に泣いていた間、なにひとつ変わらず、失わず、笑っていたに違いない男。

「俺の話もしていい？」

「もう休憩時間が終わるから、また今度にして」

「それ、もう一回チャンスをくれるってこと？」

了の目が輝いた。しまった。これきりという約束で会ったのに。

「それは……」

「俺、早織の仕事が終わるまで待ってるから」

「へえ、忙しい忙しいって連絡もとれなかったわりに、その気になればずいぶん自由に時間を作れるのね」

「今そんな話をしたって意味ないだろ」

「意味はなくていい。私はただ、腹が立ったからそれをぶつけてるの」

「出た、感情と理性の間の女……」

ストローを噛《か》みながら、ぶちぶち文句を垂れている。

私はカフェの迷惑にならない程度にばしんとテーブルを叩いた。

「はっきり言ってちょうだい。なにをしに来たの？　あのペンダントを返せというなら返す。でも目的はそれじゃないでしょ？」

教師に怒られた生徒みたいに、了がびくっと背筋を伸ばし、視線をうろうろさせた。

それから、話すべき文言がテーブルに書いてあるのを見つけでもしたかのように、じっと一点を見つめる。そしてふと顔を上げた。

まっすぐな眼差し。あの頃と少しも変わらない。

今頃気づいた。べつに了は、みすぼらしく変貌した私を見たくなくて目をそらしていたわけじゃない。なにか告げたいことがあって緊張していたのだ。

了が口を開いた。形のいい白い歯。かつて数えきれないほどキスをした唇。

「俺と結婚して」

硬くこわばった、きれいな顔。

そこをめがけて、グラスの水をぶちまけそうになったのを、なんとかこらえた。

ことの発端は、一カ月ほど前に届いた一通の手紙だった。

スーパーでの仕事を終え、保育園に娘を迎えに行き、ベビーカーを押してアパートに帰ったら、ポストに見慣れない封筒が入っていた。

法律事務所の名前が印刷されていた。まず思ったのは『詐欺《さぎ》かな』だった。

余裕のある暮らしではないけれど、消費者金融のお世話になったことはないし、キャッシングだって一度たりともしていない。おかしなサイトにアクセスするひまもない。善良な市民だ。弁護士から連絡をもらう理由なんてない。

部屋に上がり、娘にごはんを作り、たっぷり食べさせてお風呂に入れ、まだねんねしたくないとぐずるのをなだめて寝かせ、ようやく自分ひとりの時間を迎えるまで、封筒のことは忘れていた。

玄関の靴箱の上に放置していたのを取ってきて、はさみで上部を切って開ける。居間の小さなローテーブルの前に座り、中身を取り出した。三つ折りの白い書面だった。

『ええっと……【当職は、狭間了氏（以下、「依頼人」という）の代理人として、貴殿に対し通知いたします】……狭間了⁉』

思わず大きな声を出してから、引き戸の向こうの部屋で娘が寝ていることを思い出し、続けて漏れそうになった罵声《ばせい》を飲み込む。震える手で書面を読み返した。

かいつまむと、こうだ。〝依頼人〟に代わってこの通達を送っている。依頼人は私と話したいという意思がある。期日までに連絡をよこさなければ法的措置も検討する。

怒りがこみ上げた。法的措置ってなによ。なにをどう検討するっていうの。私は了から借りたまま返していないものもないし、もらったものだって……。

そこまで考えて、うなだれた。もらったものは、ある。

出会ってから、了はいろんな方法で私にアプローチしてきた。その中にはプレゼント攻勢も当然あり、たいていは花や食べ物だったけれど、一度だけ……。

そう、一度だけ、突然あの男が、ダイヤモンドのペンダントをくれたことがあった。最後に会った日だ。

私は娘の寝ている部屋に入り、そっと押入れを探った。年金手帳やスペアキーなど、捨ててはいけないものをとりあえず入れておく引き出しがある。ペンダントは箱に入ったまましまわれていた。

『さっさと売っておけばよかった……』

腕のある弁護士なら、こういうものをどうとでも言い立てて、呼び出す手立てを知っている。了が半端な弁護士に依頼するはずもない。逃げてもこちらの立場が悪化するだけ。お手上げだ。

娘がもめ事に巻き込まれるのをなによりも避けたかった私に、取れる手段はひとつ。連絡するしかなかった。

記載されていた電話番号に、その場で連絡をした。すぐにつながった。了と直接交渉したいかと聞かれ、ノーと答えた。待ちあわせの日取りや場所の確定に至るまで、びっくりするほど感じのいい弁護士が間に入ってくれた。

ふたりで話したい、一時間でいい、という〝依頼人〟の希望を聞いたとき、また腹が立った。子どものいる人間にとって、ひとりで外出するということが、どれだけの調整を要するプロジェクトなのか、わかっていないのだ。

保育園に預けている間は、私も仕事をしている。保育園から帰ってきたあとは、私にはもう単身で外出する手段なんてない。

私は考え、仕事の休憩時間に、職場の近くまで来てもらうことにした。費用は向こう持ちだろう。であればずっと気になっていた贅沢《ぜいたく》なパンケーキを食べようと考えて、近所のカフェを指定した。

当日、その店に了は先に来ていた。それどころかだいぶ前からいたようで、水もアイスコーヒーも氷が溶け、結露でテーブルは水びたしだった。判決を待つ被告みたいに、両手をひざに置き、じっとテーブルを見つめていた彼は、近づいた私が、コンコンとテーブルを叩くまでこちらに気づかなかった。

はっと弾かれたように顔を上げたときの、あの驚愕《きょうがく》に満ちた表情を忘れない。住所を突き止めたのなら、私の写真くらいチェック済みだっただろうに。それでもなお隠しきれなかった、以前の私とのギャップに対する驚き。そして落胆。

そういう正直なところを愛した、かつての日々を思い出した。

「ほんとに待ってる……」

「俺、約束したらやぶらないし」

夕方五時半、仕事を終えてスーパーを出ると、ショッピングカートの返却場所に了が立っていた。手にはこの店の袋を提げている。

私の視線に気づいたのか、「あ」ときまり悪そうに、その中身を見せた。

「早織が作った惣菜、せっかくだから食いたいと思って……でも、どれだかわからなかったから、とりあえず選んだ」

私の沈黙をどう受け取ったのか、了がもじもじする。最後に会ったとき二十九歳だった彼は、今年三十二歳になるはずだ。それでこの素直さ。

私は袋の中身をチェックし、店内に戻り、お惣菜をいくつか購入して了のところへ戻った。

「そっちには私が作ったの入ってないから。こっちを食べて」

「え、ひとつも入ってないの？」

「揚げ物ばっかり選ぶからよ。今日は私、フライヤー担当じゃなかったの。相変わらず好みが偏ってるのね」

「これ、偏ってる？」

了の眉尻が下がる。唐揚げ弁当、単品のカツ数種類、天丼。彼なりに幅広く手に取ったつもりなんだろう。この食の好みで、よくあんなスリムな体型を保っていられるものだ。基礎代謝が中高生並みなのだ、きっと。

「急ぐから、行きましょ」

「どこに？」

保育園以外にどこがあるのよ、と言いたくなったのをこらえた。

九月も終わりに近づいているというのに、夏の日差しはまだまだ健在だ。私は了を連れて、住宅街のほうへと入っていった。

「俺も保育園の中を見たい」と訴える了に、事前登録されていない人間は敷地内にも入れないことを説明し、門の外で待つよう指示した。彼はがっかりしつつも従順に、邪魔にならない場所によけて立つ。園児の父親としては身ぎれいすぎるその姿を横目に見ながら、彼が人目を引かないうちに急いで戻らなければと園内に駆け込んだ。

「まま！」

保育室の引き戸を開けたとたん、娘の恵《めぐむ》が転がるように駆けてきた。

「お疲れさま、帰ろっか」

さらさらしたボブの髪とぷくぷくのほっぺたをなで回し、汚れ物などの荷物をまとめる。頼もしく明るい保育士の先生が、私に声をかけた。

「伊丹さん、お尻ふきがもうすぐなくなりそうなので、補充をお願いします」

「あっ、はい、わかりました」

「今日もご機嫌でお砂場遊びをしましたよ」

そのようだ、と靴箱から取り出した靴の中でざらざら揺れている砂を見て思った。靴の縁が擦り切れている。そういえばそろそろ小さくなっているかも。

「だっこ」と両手を広げる恵を抱き上げ、先生にお礼を言って園をあとにする。

門の外で待っていた了が、こちらに気づいてはっと表情を変えた。その目が、私の腕の中の恵に釘づけになる。

　私は門を出て、了の前に恵をそっと下ろした。

「恵、〝こんにちは〟できるよね」

　了の腿《もも》あたりまでしか背丈のない恵が、子ども特有の慎重さで不器用に頭を下げる。その健気な仕草に打たれたように、了が言葉を失うのを、私は見た。

　立ちすくむ了を、恵が不思議そうに見上げる。ついこの間まで人見知りがひどかったのだ。卒業したところでよかった……と安心した矢先だった。

「ぱぱ」

　ぎゃっ……。

　私は急いで、「ぱぱ」と了を指さす恵を抱き上げて歩き出した。保育園のお友達の影響か、最近、大人の男性を見るとパパと呼ぶのだ。判定はとても雑で、年配の方であろうがフレッシュマン風の青年であろうがおかまいなしだ。

　急ぎ足で家を目指す私の背後から、了が追いついてくる気配がした。

「早織、俺の子だよね」

「そういう話、今しないで」

「パパって言ってるじゃん」

「だれにでも言うのよ！」

「じゃあ、この人はパパじゃないって言えよ！」

ぐいと肩を引かれ、足が止まった。間近で視線が絡む。

私は唇を噛んだ。言えない。恵に嘘はつけない。

了もうわかっているだろう。だってそっくりなのだ。面影があると思ってはいたけれど、今日久しぶりに了の顔を見て愕然とした。

いつもなにか問いかけているような瞳、笑ったときの口元、耳の形。どうしてここまで、というくらい、この子は了に似ている。

父親である、了に。

健やかに育ち、十二キロを超えた恵は、長時間抱いているのも重労働だ。日陰もない、住宅街の片隅の路地。汗がこめかみを伝う。

了が、持っていた鞄《かばん》とスーパーの袋を地面に置いた。おずおずと、こちらに両手を差し伸べる。

「……恵？」

自分にその名前を呼ぶ権利があるのか、不安で仕方なさそうな声だった。

恵はどちらの腕の中が快適かはかるように、その手をじっと見つめ、やがて「だっこ」と了に向かって両手を広げた。

了の目が潤んだのを見て、私の心が複雑に揺れた。

ねえそれ、なんの涙？　悔恨《かいこん》？　罪悪感？

「おいで」

彼は震える声で呼び寄せ、恵を自分の腕に抱いた。

抱きかたは案外さまになっている。だけど恵のほうがまだ様子見をしているせいで、ぎこちなさもある。それがうれしいのか残念なのか、自分の気持ちがわからない。

「早織、一緒に暮らそう」

私は手持ち無沙汰になった腕を胸の前で組み、目をそらした。

「生活、楽じゃないんだろ」

「さすが暮らしに余裕のある方は、下調べも入念ね」

「どんなに罵《ののし》られても、俺は引かないよ。もう後悔とか反省とか、死ぬほどして、それでも来るって決めたんだ。もう一度早織に会って、やり直すって決めた」

勝手に決めないでよ。

その言葉は声にならなかった。

「俺、本気だよ」

「じゃあ養育費と生活費をちょうだい。私のパトロンにでもなったつもりで、優雅な住まいと暮らしを提供して。それが一番うれしい」

「いやだ」

きっぱりと了は言った。

私は思わず彼のほうに視線を戻し、その決意に満ちた表情に怯んだ。

「俺、金を出すために早織を探したんじゃないよ」

やめてよ。

了のまっすぐな心と言葉は、私を揺さぶる。

「この子の父親になるために、来たんだ」

あの頃と同じように。

The Way we were

私たちが出会ったのは四年前の二月。私の勤めていた出版社が開催した謝恩パーティの席上だった。

当時、私は『Selfish』の副編集長に抜擢《ばってき》されたばかり。この毒々しさを秘めた華やかな世界で、これからも突き進むのだと信じて疑わなかった。

上はノースリーブ、下はワイドシルエットのパンツというジョーゼット素材のセットアップに身を包み、その深いグリーンの色あいに満足していた。

『早織、ソレイユの狭間さんがいらしてるわよ、ご挨拶したいんですって』

都内の老舗《しにせ》ホテルの豪奢《ごうしゃ》なパーティーホール。立食のごちそうを味わうひまもなく、自社のモデルを売り込みに来た事務所の偉い人やファッションモデルの卵たちの挨拶を延々と受けているうち、編集長の神野眞紀《じんのまき》が私を呼んだ。

ファッション誌の編集長にふさわしい、トレンドとオリジナリティを見事に融合させた大胆なボタニカル柄のドレスを着た彼女は、私の三歳上だ。私が新卒として編集部に配属されたとき、競合の出版社から転職してきた。『お互い新人よ、眞紀って呼んで』と彼女は私に手を差し出した。その手を握り返したときから、私たちは友人兼ライバルとして歩んできた。

　私は周りを取り囲む人々に断りを入れ、輪を抜け出した。

『狭間さんって、次期社長っていわれてる？』

『そう。今の社長はどう見てもお飾りだから、すでに狭間さんが社長のようなものね。ちなみにホールディングスカンパニーの社長の息子さんよ』

『超のつく御曹司ね。どんな感じの方？』

　笑顔を張りつけ、お互いにだけ聞こえる声で会話する。数歩進むごとに、広告代理店の雑誌担当者や彼らに引き連れられてきた広告主、売り込み目的のモデルなどがすり寄ってくる。それらを丁寧にあしらいながら、眞紀は『いけすかない坊や』と肩をすくめた。

『やっぱりそういう感じなのね』

『……と言いたいところなんだけど』

『え、なに？』

　含みのある声に興味をそそられた。そして、『会えばわかるわ』という彼女の言葉は、このあとすぐに事実となった。

壁際にあるバーカウンターの前に、スーツ姿の男性が立っていた。カウンターに片手を置き、カクテルがシェイクされるのを熱心に見つめている。

背が高く、すっと伸びた背筋は美しく、たくましさと軽やかさが絶妙に同居した体型。横顔は男らしく整っている。それでいて近寄りがたさを感じさせないのは、その顔立ちに少し幼さがあるせいだ。一重でぱっちりしているという希少な目は素直そうで、口元にも厳しさはなく、むしろ油断全開で少し開いている。

『どうもありがとう』

彼はバーテンダーの目を見て言い、グラスを受け取った。見下したところもなく、気障《きざ》でもない。なに不自由なく育った人間が、あたり前に発揮する行儀のよさだった。

『狭間さん』

眞紀が彼に声をかけた。了はぱっと振り向き、人懐こい笑みを浮かべた。

『神野さん。先ほどはありがとうございました』

『ご紹介しますわ、こちら、副編集長の伊丹です』

『あっ、どうも、僕は……』

内ポケットに手を入れ、私に顔を向けた瞬間、彼は固まってしまった。視線が私の顔から足元までをゆっくり移動し、また顔に戻ってくる。

私もそれなりにちやほやされて生きてきた女だったから、了になにが起こったか、わからないほど初心《うぶ》じゃなかった。

ただ、心を動かされはしなかった。むしろがっかりした。なんだ、この人もそのへんのつまらない男と一緒で、見た目や立場で女を判断するのか、と。

まあいい、だったらそれを利用させてもらうまでだ、と思ったのをおぼえている。

ほどなくして了は自分を取り戻し、名刺を差し出した。

『ソレイユ代表の、狭間と申します』

まだ社長じゃないのに、代表なのか。よほどの実力者か、ただのボンボンか。そんなことを考えながら私も名刺を渡し、自己紹介をした。

『今年もお世話になりました。狭間さんのところはモデルさんもまじめですし、とてもクリーンなおつきあいをしてくださるので、助かっています』

『あはは、ちょっと怖い事務所さんも多いですからね』

『え？　私はそんなこと申してませんけれど』

とぼけてみせると、了は一瞬きょとんとしたあと、楽しそうに笑った。

了が代表をしている『ソレイユ・インターナショナル』は、その名のとおり海をまたいで活躍する、小規模ながらも精鋭ぞろいと名高い、モデルを主力とした芸能事務所だ。アジア、北米、ロシア、豪州に支部を持ち、現地出身のモデルを獲得したり、また日本のモデルを各地で活動させていたりもする。

ソレイユ・ホールディングスというグループ企業のひとつで、母体は人材派遣事業を営む近代的な会社だ。そのため芸能事務所にありがちな裏社会との関係がなく、それも業界で重宝されている理由のひとつだ。

ほんの少し立ち話をしたあと、『申し訳ありません、あまりゆっくりできないのです』と残念そうに言い、了は帰っていった。眞紀が私のわき腹をひじで小突いた。

『気に入られたわね』

『そうみたいね』

『たくさん貢いでもらって、ついでに契約料を値切ってきてよ』

私が持っていたグラスに、自分のグラスをカチンとぶつける。

玉《たま》の輿《こし》のたぐいの発想が出ないあたりが、さすが編集長だ。Selfish は『自分の人生を自分で生きる女性へ』を謳《うた》い文句に、十七年前に創刊された。女性誌の定番ともいえる〝モテ〟〝受け〟などの媚《こ》びたワードは絶対に使わない。

私は『どうしようかな』ともったいぶった返事をし、ふたりで笑った。

了の行動はストレートだった。その後すぐに会社のメールアドレスに連絡が来た。丁寧な言葉で綴《つづ》られたメールには、【あなたを食事にお誘いしたい】とあった。

驚いたのは、その続きだ。

【仕事の話はあまりしないと思います。お嫌でしたらこの無礼なお誘いは無視してください。その際、これを書いているのはソレイユの代表ではなく、私、狭間了であることを斟酌《しんしゃく》していただけたら、こんなに幸いなことはありません】

誠実を通り越して、バカなのかなと思わせるほどの愚直さだった。取引に影響を出すつもりはありません。ひとりの男としてあなたにアプローチしているのです、と自分から言っているのだ。まだ個人的に会ったこともないうちから。

もとより断る気はなかった。仲よくしておいて損はない相手だ。

けれど何度もメールを読み返すうち、私はいつしかそんな打算も忘れ、この不思議な男性と、仕事以外の話をしてみたいと思うようになっていた。

『へえ、さっそくお誘い！　いつ会うの？』

翌日、ちょうど眞紀とランチをとる時間があったので、私は報告をした。『明後日』という私の返事を聞くと、眞紀は眉を上げ、『ただのせっかちか、謙虚で思慮深いかのどちらかね』と端的な評価を下した。

私もまったく同じ感想を抱いた。

一日に何回食事をとったか思い出せないほど毎日忙しくしている人間にとって、さほど重要じゃない用件で先の予定が埋まるのは苦痛だ。もっと大事な予定が、いつ飛び込んでくるとも知れない。予定を変えるとなったら先約の相手に連絡し、さらにはリスケの手間も発生する。一カ月先のアポをとるということは、相手に対し、『一カ月間その予定を尊重しろ』と強いることでもある。

了はおそらく、私たちと同じペースで日々を送っているか、自分と会う用事が私にとって重要なものではないと、正しく理解しているのだと想像できた。

『第一段階は合格ってとこね？』

ベリーショートヘアの眞紀が、にやりと笑みを浮かべた。

了が指定してきたのは、都心のバーだった。私も何度か人に連れられて行ったことがある。有名なバーテンダーを目当てにカクテル通が通う店だ。

早めに行っています、という事前の連絡どおり、私が訪れたときには、了はもういた。カウンターの、入り口のドアが見える席に座っていて、私が入っていくとすぐに気づいた。ぱっと立ち上がり、私を迎えに来る。

『こんばんは。来ていただけてうれしいです』

『こちらこそ、お誘いありがとうございました』

『奥へ席を移しますか？』

『いえ、どうぞそのままで』

じゃあ、と了はもといた席に私を案内した。私がコートを脱ぐのを律儀に立って待ち、受け取ったコートをボーイに渡す。それから緊張気味に笑った。

『あの、今日もすてきです。先日のような装いもお似合いでしたが』

高校生か、と思うような、素朴でぎこちない賛辞だった。選ぶ店はこのクラスで、カウンター席に座れるほど場慣れしているくせに、女相手にはそれ？

背の高いスツールに私が座るとき、了はさりげなく背もたれに手を置き、支えていてくれた。そのあとで彼も腰を下ろす。徹底したレディファースト。

この日私が着ていたのは、モヘヤのニットにタイトスカートだった。

『普段はパンツが多いんですが、今日はデスクワークだけだったので』

『やっぱりその、お好きなんですか、ファッションというか？　あっ……と、その前に、なにをお飲みになりますか』

私は会話の流れをさまたげたくないときにいつもするように、『同じものを』と了の前にあったロックグラスを手で指し示した。中は空で、氷だけが残っている。

了が『あ』と恥ずかしそうな顔になり、そのグラスを取り上げた。

『すみません、これ、水なんです。アルコールは伊丹さんがいらしてからにしようと思って』

開いた口が塞がらなかった。大の男が、待っている間、水を飲んでいたのか。

こういうとき、いかにも通好みなお酒を頼んでおいて、うんちくを語るきっかけにする男を多く知っている。好きなお酒を好きなだけ飲んで、会ったときにはいい気分になっている男もいた。

この人は本当にただ、私と話をしたいのだ。

『じゃあ、ベリーニを』

『俺は……トムコリンズにしようかなあ』

バーテンダーはきちんと耳を傾けていて、あらためてオーダーする必要もなかった。

了が少し目を上げただけで、承知したしるしにうなずきを返す。

『続きを聞かせてください』

『続き？』

『ファッションがお好きですか？』

ああ、と私はバーテンダーのなめらかな動きを見ながら答えた。

『着飾るのが好きというわけではないです。ただ、身につけるものをＴＰＯや相手の好みに合わせたりできる技術を持っているのは、強みだと感じてはいます』

すらすらと口から出てくる模範解答だ。仕事柄、この手の質問はくさるほど受けてきた。実際、この回答は嘘ではなく、限りなく真実に近い。

『技術だけじゃないでしょう、センスもいりますよ』

『センスが必要なのは一パーセントの部分。ファッションの残りの部分は、知識と技術なんですよ』

『センスもいります。あとは人柄』

了が妙に強情に言い張るので、私は視線をカウンターの中から彼に向けた。彼は、こちらがぽかんとしてしまうほど真剣な顔をしていた。

『……そうですか』

『ええ。良識、知性、品性、謙虚さ、自分への信頼、他者への配慮。装いにはそういうものが全部出ます。もちろん顔立ちや話しかた、立ち居振る舞いにも』

マナー講師みたいなことを言い出した。

あきれてもいい場面だったかもしれない。けれど不思議とそういう気持ちにはならず、私は、『狭間さんから見て、私はどんな人間ですか』と尋ねた。

了はその質問を予期していたんだろう。きゅっと表情を引きしめ、『あくまで僕の感じたことです』と用心深く断りを入れた。

『伊丹さんは、戦場にふさわしい戦闘服をまとってらっしゃいますが、基本的には争いを好まず、その……柔らかい方です。ご自身でもそれをご承知なので、普段は意図的に隠しています。でもおそらく、全部をさらけ出せる相手が身近にいらっしゃるんじゃないかと。安心感が根底にあるのを感じます』

驚愕で、いつの間にかカクテルが自分の前に置かれていたことに気づかなかった。呆然としたまま乾杯し、なぜか恥ずかしそうにしている了を凝視する。

『あの、違いましたか』

『いえ……ええと』

合っています、とは答えづらかった。彼は『柔らかい』と言葉を選んだけれど、要するに私は、イメージに反して気が小さい、見かけ倒しの女なのだ。

私の心境を読んだように、了は遠慮がちに微笑んだ。

『僕の仕事は、人を見る目がないとやっていけません。ですからそこに関しては慎重ですし、自信もあります』

『そのようですね』

『僕はけっして、容姿やステータスであなたを選んだわけじゃありません。そう思われるのは僕にとっても侮辱ですし、伊丹さん、あなた自身への侮辱でもある』

せっかくのカクテルの味がしない。

了はスツールの上で、私のほうへ身体を向けた。

『僕はきっとまたあなたをお誘いします。あなたには断る自由がある。その代わり、来ていただけたら僕は期待します。男として』

私の返事を待たず、ただ言葉が伝わっていることだけは、じっと私の目を見て確認し、了は静かに言った。

『そういうつもりで僕と会ってください』

次に会うとき、私は眞紀に報告しないだろうと思った。


信じられる？

この時代に、かくも奥ゆかしく直球な恋愛ゲームのはじまりがあるなんて。

まさにゲームだった。ひたむきで朴訥《ぼくとつ》で、甘いゲーム。

了は月に二回は、必ず私を誘い出した。飛ぶように日々が過ぎていくこの忙《せわ》しない生活で、二週に一度というのはかなりの頻度だ。

私たちは仲よくなった。

たくさん話した。ふたりのときは『早織』『了』と呼びあうようになった。

コートを着る季節が終わり、ジャケットも脱ぎ捨てて、着るものが薄く、軽くなっていく。つられるように距離も縮まり、了の車の中ではじめてのキスをした。

初夏だった。

ドライブの途中、コーヒーショップでアイスコーヒーをふたつ買い、車に駆け戻った私を、運転席の了が迎え入れた。コーヒーを受け取る代わりに、彼はかけていたサングラスをはずし、私の腕を掴んだ。

前触れのないキスだった。優しくて清潔な、了の性格そのままのキス。

私が嫌がっていないことを確かめるように、軽く触れたあとすぐに離れて、またゆっくり重なる。私は両手が塞がったままで、頬《ほお》をなぞる了の指に身を震わせた。

『あの、俺、勘違いしないから。大丈夫』

日中の駐車場。キスを終えた了は、運転席に身を沈め、顔を赤くした。

『早織がはっきり言ってくれるまでは、俺たちは、その、こういうこともできる友達だと思ってるから。勝手に勘違いして突っ走ったりしないから。安心して』

きまじめな顔が、きゅっと唇を噛む。

『でも、ずっと期待はしてるから。早織の気持ちが決まったら、教えて……』

驚いたことに、このあとも私たちはこんな関係を続けた。たくさんキスをして、抱きしめあって、だけどそれだけ。

了は、その先に進みたい気持ちを隠しはしなかった。けれど無理強いもしなければ、変に私をその気にさせることもしなかった。ただただ私が『もうそろそろだね』と言うのを待っていた。だけど私は、もったいなくてなかなか言えなかった。

心地よかったのだ。了が示してくれる、丁寧な好意と愛情が。攻撃も防御も必要ないふたりの空間で、自分をさらけ出して甘えて笑える、了との時間が。

少しずつ少しずつ、近づいていくふたりの距離が。

私は了が好きだった。

『謝恩会の招待状、届いた?』

『ああ、もらったよ。たぶんまた途中だけ顔を出すと思う』

はじめてのキスから半年がたつ頃、いつものように仕事帰りに会ったとき、そんな話になった。私たちが出会った謝恩会からちょうど一年。

偶然にも私と了の家は近く、またお互いの勤め先も近かった。つまりとても行き来がしやすく、私たちはよくどちらかの家で、寝るまでのひとときを過ごした。

この日は了のマンションにいた。広々とした１ＬＤＫ。黒い革のソファが私のお気に入りで、うずくまるように座って、テレビを見ながらアイスを食べていた。

『なにか飲む？』

背後のキッチンから声をかけてくる了に、振り返りもせず『了と同じの』と返す。

『俺、明日休みだからウィスキーいくけど』

『ダメ。私は明日早いの』

『なにその勝手？』

あきれ声を出しながらも、了が持ってきたのは、ふたつのグラスに入ったスパークリングワインだった。受け取る前に、アイスをスプーンですくって差し出す。

隣に腰を下ろしながら、了が口を開け、それをくわえた。引き抜かれるスプーンを追いかけるように、了がこちらへ身体を倒し、私の唇にかぶりついた。了の口の中のアイスは、まだ冷たかった。

『ワイン、こぼれちゃうよ』

『ウォーキングで体幹鍛えられてるから大丈夫』

『何年前の話よ？』

お互いの唇の間で溶けたアイスをなめあって笑う。

了が言っているのは歩行運動のことじゃない、モデルのウォーキングのことだ。学生時代、当時のソレイユのプロデューサーからぜひにと請われ、ファッションモデルを務めたことがあったらしい。『全然ダメ、向いてなかった』と本人は苦笑いしていたが、私は気になって当時の画像を検索してみた。

もう廃刊になったメンズファッション誌のグラビアがいくつか出てきた。二十歳《はたち》そこその了は、すばらしく美しい青年だった。小さな顔に長い脚、男らしい首と肩。男性的な色気と、了らしいあどけなさが共存している。

ただ、本人が居心地悪く思っているのが、写真にも出てしまっていた。微笑ましいが、モデルとしては失格だ。私がその場にいたら、もっといい表情を引き出してみせたのに。こういう自意識の低いタイプは、磨けば化ける。

『今じゃ立派な運動不足でしょ、社長さん』

このときには了はもう社長だった。お腹をくすぐると、笑い声をあげて身体を折る。

『やめろよ、ほんとにこぼしちゃうよ』

『今年の謝恩会は、なにを着ようかなあ』

眞紀とのバランスも大事だから、相談して決めないと。そんなことを考えていたら、了がグラスのひとつを私に持たせ、ソファにまっすぐ座り直した。

『どうしたの？』

『……あのホテル、バーがいいんだよね。ずっと前に、銀座《ぎんざ》にあった老舗のバーを移転させたんだよ』

『謝恩会を開くホテルのこと？』

前を向いたまま、了がうなずく。

『俺、パーティーから仕事に戻るけど、終わったらそのバーに行く。早織も来て』

『でも私、パーティーのあとでお得意さまに呼ばれてるの、おつきあいしないと』

『待ってるよ』

『何時になるか……』

『何時になっても待ってる』

了がこういう頑《かたく》なさを見せたのは久しぶりで、私ははっとした。

一年、彼は待ったのだ。

次の一年をどういう関係で過ごすか、決めたがっているのだ。

私は了の腿に手を置いた。

『部屋をとって待ってて』

了がぱっとこちらを向いた。その目が、期待と困惑に揺れているのがわかる。

『……いいの？』

『うん』

『ほんとに……？』

私はもう一度、『うん』とうなずき、了の手からグラスを取って、自分のと一緒にローテーブルに置いた。

『東向きの部屋にしてね。朝は日が入らないと起きられないから』

了が私を抱きしめた。私も抱きしめ返した。

『約束するよ、俺、大事にする。早織のこと、絶対大事にするよ』

『もう十分されてるけど』

『もっとするよ』

くっついた身体から、了の鼓動が伝わってきた。

柔らかく、甘いキスを何度もした。

謝恩パーティ当日は、久々に〝ソレイユの社長〟と〝Selfish の副編集長〟を演じる白々しさに内心で笑い、子どもじみた共犯意識にふわふわ浮かれて過ごした。

日付が変わる直前、バーで了と落ちあい、はちきれそうな期待と興奮を押し隠して一杯飲んで、部屋へ上がった。

了は服をすべて脱いでも了のままで、優しくて朗らかで、私のことをなによりも愛しく思っているのだと、手で指で、唇で、舌で、私の全身におぼえ込ませた。

真っ白なシーツをしわくちゃにして、汗で汚す背徳感。なめらかな了の肌と、塩からいキスと、熱い吐息。

一年越しの了の想いを、もしかして受け止めきれないいんじゃないかという不安もあった。そんなものはすぐにどこかへ飛んでいき、ふたりでひたすら、長い間すぐそばにありながら、触れずにいた素肌を探りあった。

『俺ね、ちょっと今月忙しくて、会えないかも』

明け方近くなって、お互いひとしきり昂ぶりを放出し、落ち着いたところで、了が言った。了の温かい腕の中で、私は『そうなの？』とがっかりした。

『残念そうな声出さないでよ、離したくなくなる』

『離す必要なんてないのよ、少なくともあと数時間は』

向こうの首に腕を絡め、喉にキスをする。了は小さく呻《うめ》き、こらえきれなくなったみたいに、熱っぽいキスをしながら私を抱きしめた。
実際、彼の言ったとおり、その月はそれから会えなかった。
一カ月後、私は自分の妊娠を知った。

敗者の掟

「上がってちょうだい、狭いけど」

保育園からの帰り道、了は私の家までついてきた。私は来いとも来るなとも言わなかった。了の性格なら、来たがることがわかっていたからだ。

東京のはずれ。工業用地として造られた埋立地のあるエリア。再開発から見捨てられたような木造アパートの一階が私の住まいだ。

駅へ行くにはバスか自転車を使わないといけない。ただし保育園と、職場であるスーパーは近い。これでいいのだ。今の私に、電車で出かける用事などない。

アパートの中はもとの色もわからなくなった古ぼけたカーペットが敷き詰められた居間と、畳の部屋が隣りあっている。それと薄暗い台所、冬場は凍えそうになるお風呂場、トイレ。これが今の私の生活のすべてだ。

了は玄関で立ち尽くし、絶句していた。

私は恵の手を洗い、居間にあるテーブルつきの椅子に座らせ、お絵かき帳と子ども用のサインペンをあてがって、熱中していてくれることを願った。アルミサッシの戸を開け、軒下の物干し竿から洗濯物を取り込みながら、了に声をかける。

「なに驚いてるの、私の住んでるところも調べたはずでしょ?」

「そう、だけど……」

洗濯物が積み上がっているのは好きじゃない。物干し場から部屋に戻る間にタオルを三枚たたみ、その足で洗面所へ行き収納にしまう。恵の服やエプロンは、保育園から持ち帰ってきたバッグの中身と入れ替え、自分のシャツは、ハンガーのまま押入れの中のつっかえ棒に引っ掛ける。下着はくるっと折って下段の収納へ。

これでおしまいだ。つつましい、ふたりきりの生活。

「お邪魔します」

了がためらいがちに部屋に上がってきた。居間には食卓として使っているローテーブルと恵が座っている椅子があるだけで、客人をもてなす装備はまったくない。

部屋を観察したい気持ちを、彼の品のよさが邪魔しているのがわかった。了はおそるおそる荷物をテーブルのそばに置き、「洗面所を借りていい?」と聞いた。

「どうぞ、廊下の奥よ」

「あの……どこ?」

私は台所から顔を出した。ベスト姿の了は、廊下でうろうろしていた。突きあたりに洗面台が見えているというのに。

「そこよ、あなたの正面」

「えっ……、ここで手を洗っていいの？」

「ほかに洗う場所なんてないわよ。掃除用水栓にでも見えた？」

図星だったらしく、了は黙った。無理もない。壁から突き出た愛想のない洗面台と、申し訳程度に貼りつけられた鏡。彼の知る〝洗面所〟とは似ても似つかないだろう。

飲み物を用意したところに、手を洗い終えた了が呆然とした面持ちで戻ってきた。

「麦茶しかなくて申し訳ないけど。飲んでて」

「あの、話がしたいんだ」

「やることを済ませてからでいい？　八時には恵を寝かせたいの」

私は続いて恵の食事の支度にとりかかった。チャーハンを作って冷凍しておいたから、今日は楽だ。あとは野菜たっぷりのスープがあればいいだろう。以前なら捨てていた、端切れのような野菜を冷蔵庫から出して、恵の食べやすい大きさに刻む。小鍋に入れて火にかけ、その間に洗濯機を回す。

住環境に贅沢を言わないと決めたぶん、電気代と水道代は惜しまないことにしている。子どもがいる家でこれを過度にケチるのは危険だ。冷房も暖房もちゃんと使う。

お風呂のお湯は毎回捨てる。我が家のルール。

浴槽を掃除し、お湯を出して台所に戻ると、野菜に火が通っていた。濃いめに味つけをして、冷ます時間を省くため水で薄める。なんとも心が痛むやりかただが、背に腹は代えられない。

「恵、ごはんできたよ」

熱心に絵を描いていた恵は、それを聞いただけで椅子の中で身体をはずませ、まだ用意していないのに「いたっちます」と元気よく頭を下げた。私はお絵かき帳とペンを片づけ、代わりに食器を並べた。

カーペットの上に座り込んでいた了が、そんな恵にじっと視線を注いでいる。私は恵用のスプーンを彼のほうへ差し出した。

「あげてみる？　まだ自分でうまく食べられないの」

「……いいの？」

了は控えめに目を輝かせ、いそいそと恵の前に移動した。

かすかな光沢の入ったベストとスラックス。そんな姿の男性が一歳児にスプーンをくわえさせている光景は、微笑ましくもあり、シュールでもある。

つかの間ふたりを見守り、タオルや着替えを出してお風呂の準備をはじめた。

「早織、帰ってきてから一度も座ってないよ」

ようやく恵を和室に寝かせ、引き戸を閉めたとき、了が案じるような声を出した。

「そうだった？」

「そうだよ……。仕事でも立ちっぱなしなんだろ？」

「これが私の、今の日常なのよ」

あてつけのつもりではなかったのだけれど、了はそれを聞いてはっと瞳を揺るがせた。傷ついたのか、罪悪感が芽生えたのか。

私はまとめていた髪をほどき、自分のグラスに麦茶を注いで、了の隣に座った。

了が腕時計を確認する。

「夕食、とらないの？」

「そうだ、今日はお惣菜とお弁当があるんだっけ。うれしい、今出すわ」

すぐにまた腰を上げようとした私の手を、了が掴んだ。

「こんなに慌ただしくて、いつもはどうしてるの？」

「夕食？　省いちゃうことも多いかも。でも食べるときもあるし」

つい言い訳しているような口調になった。

了は手を引っ張って私を座らせ、入れ替わりに自分が立ち上がった。

「俺が出すよ。台所、勝手に使うね」

「うん……」

鴨居《かもい》の低い、昔ながらの設計の室内は、背の高い了には窮屈そうだ。ワイシャツの袖をまくりながら台所へ入る背中を、私はクッションを抱えて見送った。

了の仕事は完璧だった。カツや総菜を丁寧に温め、我が家にある食器を活《い》かして美しく生まれ変わらせてくれた。チンジャオロースやひじきの煮物も、プレートに少量ずつ並べると、まるでおしゃれなデリだ。

「すごい、うれしい。ありがとう」

「食器、懐かしいのばっかりだった」

「ほとんど持ってきたの。もともとそんなに数もなかったし」

こういう生活になってから、なによりも私を助けたのは、家事が苦手じゃないという性分だった。昔から、出かける気力のない休日は掃除と料理で気分転換をしていた。

了もそういうタイプだった。お互いの家で、よく一緒に夜食を作った。

私たちは麦茶で乾杯し、食事に箸をつけた。普段、自分が作った惣菜は見飽きてしまうため食べないのだけれど、これだけ見た目が違うと気分も変わる。

「服は？」

「必要なぶんだけ残して、あとは売ったり捨てたり」

「どういう基準で残した？」

「だから、必要なぶんだけ……」

変な質問だな、と眉をひそめて了を見た。了はまっすぐ見返してきた。

「俺とはじめて会ったときの服は、捨てた？」

返答に詰まった。了の目に、確信のようなものが宿る。

捨てられなかった。着る機会なんて二度とないに決まっているのに。

了が取り皿とお箸をテーブルに置き、身体ごとこちらに向き直った。

「ちゃんと答えてね」

私は目を泳がせ、視線を落とした。

「恵は俺の子だよね？」

唇が震え出すのを感じた。了はさらに言葉を重ねる。

「俺と、早織の子だよね？」

罪を犯して隠れていた人間が、ようやく捕まったときの心境って、こういうものかもしれない。隠れていたかった。だけど見つかってほっとした。

鼻の奥がつんと痛み、涙が出てきた。

了が、はっと手を差し伸べかけて、途中でやめたのがわかった。答えを聞くまでは、慰めることも涙を拭《ぬぐ》うこともしないと決めているんだろう。宙に浮いた手が、優しさと決意の間で迷い、揺れている。

私はうなずいた。もっとはっきりした言葉を求めている、了の沈黙。

「そう。私たちの子」

勢いよく引き寄せられ、抱きしめられた。衝撃で涙が散った。

「一緒に暮らそう、早織」

「それがベストだなんて保証、どこにあるの」

「雑誌の仕事は?」

温かい手が、頭のうしろをなでる。いろいろな思いがこみ上げて、喉が詰まった。

「辞めた」

「それはわかってるよ。どうして辞めたの。あんなに好きだったのに」

「好きだったからこそ、辞めたの」

もう無理だと思ったの。子どもがいたら、どうやったって百パーセントの力で仕事には打ち込めない。それが心底ストレスだった。

『――妊娠した？』

安定期と呼ばれる時期にさしかかった頃、私はようやく眞紀に打ち明けた。さいわい大きな体調の変化もなく、仕事もそれまでどおりできていた。

眞紀はもとから物事に大げさに驚くほうじゃない。このときも同じで、彼女が私の告白をどう受け止めたのかはよくわからなかった。

『そうなの。私自身、今後の身の振りかたを考え続けてるところなんだけど』

『その様子だと、結婚はしないのね？』

『うん』

社内の小さな会議室。ガラス製のテーブルの天板越しに、眞紀は私の足元を見た。

『どうりでヒールのある靴をはかなくなったわけね。腰を痛めたっていうのは本当じゃなかったのね？』

『ほかに説明をつけられなかったの。薬を飲んでるからお酒を飲めないっていうのも嘘。こういう嘘って精神を削られるね。早く眞紀に打ち明けたくて仕方なかった』

私は元来、堂々と嘘をつきとおせるほど気が大きくない。お腹の子が十分育ち、自分の心も整理できてきたこのときまで、妊娠を隠すために周囲についていたこれらの嘘に、だいぶ疲弊していた。

私は眞紀が、この年齢での不慮の妊娠という事態に、もっと嫌悪感や軽蔑を表すのではと内心怯えていた。眞紀自身は結婚しているだけに、なおさら。

けれど彼女は、まったくそんな素振りを見せなかった。

『なるほど、今後どうしようかしらね』

『本当に勝手だけど、私の希望を先に言うね。お腹が大きくなる前に休ませてほしいの。その代わり早めに復帰する。副編集長の立場に戻れるとは思ってない。でもSelfishの仕事はしたい。この判断は、上司としての眞紀に預ける』

眞紀は少しの間、口元に手をあてて考え込み、『わかったわ』と言った。

『プロデューサーとも相談してみる。休みに入るまでは働けると思っていいのね？』

『うん。働かせて』

『じゃ、仕事に戻りましょ』

父親はだれなのかとか、どうやって育てるのかとか、親の力は借りられるのかとか、自分に関係のないことについていっさい聞かない清潔さは眞紀らしく、私は救われた。

「今思えばね、私の考えが甘かったの。それが眞紀の判断も狂わせた」

「でも、復帰はしたんだろ？」

了が私の頬を両手で挟み、額をくっつける。私は堰《せき》を切ったように涙が止まらなくなっていた。薄いメイクのいいところは、崩れるのが気にならないところだ。

「復帰した。シングルマザーは保育園にもすぐ入れたし、恵も育てやすい子で、私の身体の回復も早かった。すごく恵まれてて、順調だったの。だから過信したの。私はこの調子で、仕事と子育てを両立できるって」

「なにがあったか話して」

「眞紀は私を副編集長のまま復職させてくれたの。あちこち動き回る編集スタッフより、デスクにいる時間の長い副編のほうがいいだろうって。ありがたかった」

「うん」

「でもすぐ破綻した。恵はよくお腹を壊すようになって、保育園からはストレスのせいだろうって。園にいる時間を短くしてあげるべきだって言われた」

お医者さんに見せたら、ストレスというより体質とのことだった。いずれにせよ、お腹を壊した状態の子どもを、保育園は預からない。私はなるべく早い時間に恵を引き取るため、働く時間を短縮することを余儀なくされた。

副編集長のポジションは自分から降りた。十六時に会社から消える副編なんていない。編集部の片隅で細々と、企画補佐のようなものをする日々がはじまった。

ある日、眞紀に呼ばれて会議室に行った。プロデューサーもそこにいた。五十代の男性で、複数の雑誌を司る、私たちのボスだ。

　眞紀が静かに切り出した。

『このまま編集部にいてもらうのは、お互いによくないと思うの』

『……私、扱いづらい？』

『正直言うとね。この間まで副編だったあなたに、雑務を頼むのはみんな気が引けるわ。今の副編も、あなたがいたらやりづらい』

　なにも言えなかった。そのとおりだったからだ。

『総務に行ってもらうことにしたの。時短で働いている女性もいるし、変則的な仕事もない。やりやすいんじゃないかしら』

　そこでプロデューサーが口を開いた。

『僕にも三人の子どもがいるからわかる。お母さんというのは本当に大変だよ。今は無理せず、仕事は二の次にして、お子さんのそばにいてあげたらどうかな』

　同情的な口調だった。

　吐き気がするほど悔しかった。今まで積み上げたキャリア、評価。それらを私の人生から捨て去れと、どうして他人に言われなくてはいけないのか。さもそれが私や娘のためであるような言いかたで。

一方で、自分になにを言う権利もないこともわかっていた。たしかにそのとおりなんだろう。私は仕事をあきらめるべきなのだ。母親なんだから。

『……はい』

私は総務部に異動になった。

「……それで？」

「やるからには一所懸命やろうと思ったんだけど、総務部では仕事をもらえなかったの。編集部は偉そうにしてるせいで、他部署から好かれてなかったから。いいはけ口にされちゃって」

「仕事をもらえなかった？　全然？」

「うん。毎日することがなくて、意味もなく手近な資料を読んだりしてた。だれかを手伝おうとすると断られるの。仕事がほしいって上司に言っても、『副編集長さまにお願いすることなんてないですよ』って笑われるだけ。それでも収入があるだけでありがたいし、がんばりたかったんだけど……」

落ち着いたと思っていた涙が、またこぼれた。

「無理だった。これ以上プライドがずたずたになったら、頭がおかしくなると思った。だからその前に辞めたの」

「それはプライドじゃないよ。人としての、最低限の自尊心だよ。早織の会社の人たちは、それを踏みにじったんだ」

「でも、結局は私が悪いの」

「悪いってなにが？」

了の肩に顔を埋めた。ぎゅっと抱きしめてくれる。

総務部に行ってから一度、眞紀に相談した。編集部に戻りたいと言いたかったわけじゃない。ただだれかに現状を知ってもらいたくて。

眞紀は侮蔑のこもった目つきを私に投げた。

『気の毒ね。だけどもとはといえば、あなたの自己管理の甘さが招いたことよ』

これが最後の引き金だった。この日のうちに退職を決めた。

わかっている、私が悪い。無計画に妊娠した私が悪い。だからどんな状況でも耐えて当然。そのとおりだ。

やりたいことができるなんて思うな。人並みの尊敬や評価を得られる立場だと思うな。私は会社にとっては厄介者で、女同士からしたら恥さらしだ。

わかってる。わかってる。わかってる。

「わかってる……！」

「早織！」

　無意識のうちに、了の胸を叩いていた。了が必死に私を抱きしめてなだめる。

「なあ、なにが悪いの？　俺は自分が悪いと思ってる。早織の人生を変えちゃったことに対してだよ。でも早織はどんな悪いことをしたの？」

「きれい事言わないでよ」

「子どもがいることが悪いの？　そのプロデューサーさんだって三人もいるんでしょ。なにが違うの？　性別？　結婚してるかどうか？　ほんとにそこ？」

「私は負けたの！」

　顔を上げると、愕然とした表情の了が見返した。

「……女の人って、いつも、よくわからないなにかと戦ってるよね」

「そうよ。女はね、社会に出て男と対等に働くことにしたとき、決めたの。お互いを監視しようって。『これだから女は』って言われるようなことをしてる女がいないか、見張っていようって」

「そんな……」

「女同士だからって甘えは許されない。むしろ男性の目より厳しくチェックしなきゃいけない。〝女〟の使いどころを間違えて足を引っ張る女は、みんなの敵」

急に全身から力が抜けた。腰を浮かせていた私は、へなへなと座り込んだ。了のシャツを掴んでいた手が、ぽとんとひざの上に落ちてくる。

「私はその戦場から脱落したの。敗残兵が戦場のルールに文句をつけてなにになるの？　まだ戦ってる人たちに対して、なにが言えるの？」

だけど最近考える。

〝みんな〟って、だれだったんだろう。私たちは、なにと戦っていたんだろう。なにが欲しかったんだろう。

だれかそれを、はっきり説明できるだろうか。

「せめて結婚してたらと思ったことはあった。でもあまり変わらなかったと思う。事実、Selfish の編集部に子どもを持っている女性はいなかった。自分から辞めていくか、私みたいにはじき出されたから」

私は人の進退を決める立場になかったから、自分が彼女らを追い出したとは思っていなかった。だけど決める立場にあっても、同じことをしたと思う。なんの疑問も持たず、むしろそのほうが彼女たち自身のためになると信じて。

「私にだれを責める権利がある？　どこに不満を言う資格がある？」

「なんでも我慢しなきゃいけない義務だって、ないように見えるよ」

「誤解しないでね、今の仕事は楽しいの、本当に。不思議とやりがいもある」

了はもしかしたら事前に、私がスーパーで働く姿を見に来ていたのかもしれない。

「わかるよ」と心からの様子でうなずいた。

人々の生活に食を提供する仕事。作るそばから買っていく人がいて、これがおいしかった、次はこういうものが欲しいと投書が来る。現実ではお目にかかったことがないような〝強くていい女〟の幻想を見せていたそれまでの仕事とは、真逆の世界。

収入は激減したけれど、支出も減った。気持ちに余裕ができたことで、恵と過ごすのも楽しくなった。正直、娘を、自分の人生の上から生涯どかすことのできない重石だと感じそうになっていたこともあったのに。

そういう、ぴりぴりした自分から脱却できたことが、なによりもうれしい。

「ここでなら、だれとも争わず、だれの目も気にせず生きられるの。恵とふたりで」

うつむいて、ぽつりと吐き出した私の髪を、了がなでた。ヘアゴムの跡がしっかりついた、しばらくカットしていない髪。

「幸せなんだね」

「うん」

「そこに俺の入る余地は、ある？」

顔を上げた。三年ぶんの時を経た、了の顔がある。私も同じだけ歳を重ねたせいか、ほとんど変わっていないように見える。

よみがえってくる、甘えたり甘やかしたりを、お互いにくり返した日々。

「……と、浸ったところで思い出したわ」

我に返り、了のネクタイを掴んで引っ張った。

「なに今頃のこのこ現れてんのよ。なにしてたわけ。なにが法的措置よ」

「待って、待って。俺のほうも説明するから」

了が青くなってあたふたしだす。そのとき玄関のドアがノックされた。返事をする前に来訪者は鍵を開け、そっと入ってきた。恵が寝ている時間なのを知っているのだ。

「さおちゃん、作り置きのおかず持ってきたよー……あら？」

紙袋の中身を見ながら部屋に入ってきたその人物は、私に胸倉を掴まれている了を見下ろし、きゃっと小さく悲鳴をあげた。

「ごめん、お友達が来てたんだ？　すぐ出てくから……」

「ううん、友達じゃない」

「え？　じゃあどなた……」

そこで思いあたったらしい。はっきりしたピンク系のメイクが施された顔が、鬼の形相になる。ドスの利いた声が室内に響いた。

「てめえ、まさか恵の父親か」

「えっ、あの、僕は……えっ？」

「今までどこでなにしてやがった。今さら頭下げて済むと……」

「まこちゃん、落ち着いて。これから事情聴取だから。シメるのはそのあと」

どうどう、となだめると、まこちゃんは踏み出していた脚をしゅっと引っ込め、

「あっ、そうだったんだね」とかわいらしく肩をすくめた。

ワンピースの裾《すそ》をささっと払って直し、私の隣に正座する。

「はじめまして、早織の兄の真琴《まこと》です」

了は呆気《あっけ》にとられた顔で、ぽかんとしていた。

ワンピースを身にまとった華奢《きゃしゃ》な美人が〝兄〟と名乗った混乱に、了が襲われているのが見てとれた。だけどそれを表に出すほど、了は軽率でも無礼でもなかった。そして忘れてはいけない、なんといっても了は、芸能事務所の社長なのだ。

「はじめまして、狭間了と申します」

瞬時に自分を立て直し、了はきちんと正座をして、カーペットに手をついた。まこちゃんのほうが「あら」と戸惑っている。

「おっしゃるとおり、僕が恵の父親です。どんな形であっても、この責任は必ずとらせていただきます。これまでご連絡もせず、早織さんひとりにすべてを負わせたことをお詫《わ》びします。本当に申し訳ございません」

深々と頭を下げる。内容も見た目も、じつに誠実で男らしく、美しい謝罪だった。

「……ちゃんとした方じゃない」

まこちゃんが感心したように言う。

「ちゃんとした方よ。社会的には」

「人間的には？」

「このあとの話次第ね。了、顔を上げて、あなたの話を聞かせてよ」

了がわずかに身体を起こした。説明の糸口を探しているのか、カーペットについた手に視線を落として、じっとしている。

やがて背筋を伸ばし、軽く握った両手を腿の上に置いた。

「僕の話を、します」


了が帰ってから、私は時間も忘れ、部屋でぼんやり座り込んでいた。

「さおちゃん、そろそろ私、お店に行くから」

まこちゃんが私の顔の前で手を振る。はっとした。私が茫然《ぼうぜん》自失の状態だった間に、洗い物を片づけてくれていたらしい。

「ごめん、ありがとう、いろいろ」

「いいんだよ。ちょっと恵の寝顔見ていこうっと」

引き戸をそっと開け、布団の敷いてある部屋に入っていく。

このまこちゃんこそが、かつて了が言いあてた、私の〝安心感〟の源、〝全部をさらけ出せる相手〟だ。

我が家は両親が離婚しており、私は父親の記憶がない。母は私が高校を出ると同時に恋人と再婚して、海外に移り住んだ。悪い人ではないものの、母親として頼りになるかというと首をひねらざるを得ない母に代わって、いつもそばにいてくれたのが五歳上のまこちゃんだった。

記憶にある限り、昔から物腰が柔らかく容姿も中性的で、〝お兄ちゃん〟と呼ばれるのを嫌がった。私はずっと〝まこちゃん〟と呼んで育った。好きなものや似合うものを選びとっていくうちに自然と今のような感じになり、同じ楽しみや生きづらさを抱える人たちが集うバーで働いている。

「うん、よく寝てる。子豚の寝顔だね」

忍び足で戻ってきて、そっと引き戸を閉める。

「天使って言ってあげてよ」

「了くんと結婚するの？」

私は麦茶のグラスがのったテーブルを見つめた。

「恵にも父親がいたほうが……」

「そういう詭弁《きべん》はダメ。いないほうがましな父親だってごまんといるよ。考えるべきは、さおちゃんが、了くんとどういう関係でいたいかだよ」

抱えたひざの向こうに、自分のつま先が見える。ペディキュアすら塗っていない、すっぴんの爪。

「了は責任を感じてるだけかも」

「そうは見えなかったけど」

「きっと昔の私のイメージを引きずってる。今の私と暮らしたら、どこかで目が覚めるかもしれない」

「今のさおちゃんを見てなお、結婚しようって言ってくれたんでしょ？　もうとっくに目なんて覚めてると思うけどな」

うっ……と言葉に詰まった私の顔を、まこちゃんが腰を折ってのぞき込んだ。

「さおちゃんには、昔のキラキラした時代を知っていてくれる人が必要だよ。了くんは、今のさおちゃんのことも、目をそらさずにしっかり見てたよ」

母に似て、線が柔らかく丸みのある顔がにこっと笑う。「それじゃあ、行ってきます」と手を振って、まこちゃんは出ていった。

私はそれからさらに少し考え、テーブルの上の携帯に手を伸ばした。消していなかった番号。着信拒否以外の目的でまた使う日が来るなんて思わなかった。

呼び出し音が聞こえる。

了が語った彼の側の事情は、私にとって予想外のことばかり。驚きの連続だった。

『たぶん早織の妊娠がわかったのと同じ頃、父が倒れたんだ』

了の父親といえば、ソレイユ本体のトップであり、グループの総帥《そうすい》だ。彼は一命をとりとめたものの、前線で働ける身体ではなくなった。そこで退くことにした。一時的な経営体制の混乱を他社に知られないため、ごく一部の関係者以外には、倒れたことすら秘密にされた。

長男である了は、プライベートでも仕事でも対応に追われた。しかるべき人間に父親の仕事が引き継がれるまで、了は事務所の仕事もしながらグループも守らなければならなかったのだ。

『一番父の身近にいた取締役会が、一番油断できないっていうね……よくある話』

そう語る疲れた笑顔は、当時の苦労をしのばせた。

まだ父親と同じ会社に合流していない彼が後継者として振る舞うには、敵も障壁も多かった。了は心身ともに疲弊した。

それを思うと、その期間、どうやっても私と会えなかった了の立場も理解できる。総帥の後釜を虎視眈々《こしたんたん》と狙う人間たちに、そんな一大事に女といたなんて知られ、隙《すき》を作るわけにはいかない。

そして取締役会をなんとかまとめ、信頼できる取締役のひとりを代表取締役社長とし、了の父は経営責任者に退いた。この体制変更により、正式発表はしていないものの、了の父親の事実上の引退は経済界の知るところとなった。

そして退院し、暮らしも落ち着いてきたところで、今度は了が独り身であることが狙われるようになった。

『だまされて政略結婚でもさせられそうになったの？』

『そこまでいかないけど、押しつけに近い見合いみたいなのはあったね。父が引退した影響で、俺が目立つようになったんだ。あちこちからそういう話が持ち込まれて、断るに断れない相手もいたりして、両親も参っちゃって』

狭間家の歴史は古くない。了の祖父が創業した広告代理店が、ソレイユグループの原点だ。二代目である了の父親が事業を拡大し、このままいけば了は三代目として君臨することになる。今回の騒動は、了がグループの後継者となる未来がぐっと近づいた印象を与えたわけだ。

『いっそ結婚しろって言われはじめた。俺は両親を楽にしたかったけど、早織ともその、そういう話は全然してなかったから、悩んで……。でもまず、結婚したい相手はもういるってことを、彼らに伝えた』

『連れてこいって言われた?』

『うん』

了は力なく微笑んだ。私はいろいろな事柄がつながった気がした。愕然とした。

『だから、ペンダントを用意してたのね……』

了は〝あのとき〟、私にプロポーズをする気でいたのだ。

『誤解しないでね、親に言われたからじゃないよ。俺はずっとそのつもりだったし』

『うん、わかる……』

そして私のほうは……。

『あの日ね。私、あのとき……』

『子どもができた、って教えようとしてくれてたんだよね。ようやくわかった』

人生の分かれ道というのは、本当にあるのだ。それまで一本に見えていた道が、パリッと二手に分かれ、どちらかに一歩踏み入れたら、もうもとには戻れない。

——見合いをすることになったんだ。それでね……。

了はあの日、そう言ってペンダントを差し出した。

私は妊娠がわかってからこのときまで、何度か了に電話やメッセージで、会いたいと伝えていた。了が電話に出ることはなく、朝起きたら夜中に折り返しの着信があるというすれ違いばかりだった。メッセージは、今は会えない、もう少し待ってという返信ばかりで、ようやく約束をとりつけるまで二カ月かかった。

日々お腹の中で育っていく命に、どう対処していいのかわからず、とにかく了の顔を見て話したくて、あせりと不安でおかしくなりそうだった。

はじめて抱きあった直後から、突然会ってもらえなくなった。それはもう、避けられているとしか思えないほどで、実際私はそう受け取った。なにかが了の期待と違ったのかもしれない。別の出会いがあったのかもしれない。あんなに好きだった了を信じられないのはつらかった。

そこに持ち出された、お見合いの話と、いきなりのプレゼント。

——手切れ金として受け取っておく。

私はレストランを飛び出して、了からの連絡をいっさい絶った。

それから数日間、考えに考えて、決めた。結婚はしない。ひとりで産む。

『……どうしてもっと冷静になれなかったんだろう』

『同感しかないなあ』

お互い顔を見あわせ、深々と息をついた。了にとってみたら、私の捨て台詞《ぜりふ》は別れの挨拶以外のなにものでもなかっただろう。

『今思うと、なんで追いかけなかったんだよって思うんだけどね。なんでだろ……できなかったんだ』

髪をがしがしとかきながら、了は苦笑した。

『そのあとは、事務所の経営もしながら父の仕事を手伝うことに没頭して……早織のことは、もうダメなんだと思ってた。相変わらず見合いは持ち込まれるけど、全部断って。そうこうしてるうちに一年くらいたってた。ある日、街中で早織を見かけた』

了の手が、無意識にかベストの胸のあたりをぎゅっと掴んだ。まるで当時の痛みを思い出しているみたいに。

『早織はベビーカーを押してた』

なんというすれ違い。

了は私が、ほかのだれかと結婚して子どもを産んだと思ったのだ。

『情けない話なんだけど、ほんと打ちのめされてね……、しばらく立ち直れなかった。でもあるとき、事務所経由で、早織が結婚してないって話を耳にしたんだ』

どういうことなんだろう、と了は考え、ある可能性に思いあたった。でも、まさか。だけど。そうだとしたら。

私の生活に首を突っ込んでいいものか迷い、悩んだ末、友人の弁護士に相談した。

そして今の私の状況を知るに至った。

――これが彼の説明だ。

私と了は笑った。笑うしかなかった。

私たち、いったいなにをしていたんだろうね？

引き戸の向こうで、恵が寝がえりをうつ気配がした。コール音が途切れ、電話がつながった。

『はい』

「了？　明日、今日と同じ時間に同じ場所で会える？」

電話越しに、屋外の物音が伝わってくる。どこにいるんだろう。一杯飲むバーでも探し歩いているところかもしれない。

『……返事、くれるの？』

了の声には、期待半分、不安半分の気持ちがありありと出ていた。相変わらず素直で、笑ってしまう。

「うん。電話じゃなんだから、顔を合わせてと思ったんだけど。それとも、今ここで言ったほうがいい？」

『えっと、いや、ええっと……』

久しぶりに耳に流れ込んでくる、電話越しの了の声。私はこの声が大好きで、会えないときは、どんなに短時間でもいいから電話をしたがった。

『……ダメな返事なら、今聞きたい。顔見てるの、つらいから』

本当にいいのね？　今の私でいいのね？

あの分岐点に、戻れはしないけれど。一緒にいた頃見えていた未来が、すぐそこにある。私が投げ捨て、了があきらめずに、もう一度信じてくれた未来。

気弱な声を出す了に、私は笑いながら伝えた。

「じゃあ、明日ね」

＊　＊　＊

「ぱぱ！」

「そうだよー、パパだよー」

自宅の姿見の前で服装をチェックしながら、私は引き戸の向こうの了に言った。

「適当なことを教えないでくれない？」

「事実だよ！」

　まったく、すっかりでれでれだ。これから向こうの両親へ挨拶に行くというのに。

もう一度鏡の中を見た。いまや一張羅となった、セットアップの黒のスラックスと白いブラウス。うしろでひとつに束ねた髪は美容院のおかげでつやつやしている。久しぶりにピアスをすることにした。控えめなパールのピアス。これなら恵の気を引くこともないから、抱っこしてもお互い安全だ。

「支度できた？」

　恵を抱っこした了が、ひょいと顔をのぞかせた。彼もきっちり、ダークグレーのスリーピースだ。その顔が私を見て輝く。

「ママ、強そうでかっこいいねー、恵」

　強そうってなに！

「きれいとか言ってよ、久々に着飾ったんだから！」

　以前の私の基準なら、とても〝着飾った〟うちに入らないけれど、ここ数年では最高に気を使った装いだ。憤慨した私に、了は笑った。

「着飾ってなくても、きれいだよ」

　片手に恵を抱き、片手で私の手をとる。私はとっさにその手を引っ込めた。了が知っている私の手とは違う。なにも塗っていない爪は短く、丸く、炊事のおかげでところどころ二枚爪になっている。スジも目立つ。

けれど了は、もう一度手を差し出し、背中に隠した手を引っ張り出して握った。

朗らかな瞳が、にこりと微笑む。

「行こう」

その声に反応して、恵が「おでかけ！」と片手をあげた。

温かく、乾いた了の手。指を絡め、並んで歩いた日々の記憶が押し寄せてきた。

了に返事をしてから二週間がたった。

『いいと思う、結婚しましょ』

再会したのと同じカフェ。時間どおりに行ったのに、またもや了は先に来ていた。

前回と違うのは、アイスコーヒーを飲み干していたところだ。

座りしなに〝返事〟を伝えると、了はじっとこちらを見返し、なにかを噛みしめるように顔をゆがめた。電話で伝えなかったことで、私の返事はイエスだと、わかっていたはずなのに。彼の声は震えていた。

『……約束する、今度こそ大事にするよ、早織のこと。恵のことも』

『私も約束する』

了が『なにを？』と首をかしげる。私はテーブルに身を乗り出し、今にも泣きだしそうに潤んでいる目をのぞき込んだ。

『了の前では、正直でいる。絶対』

ポケットチーフで顔を覆ってしまったので、了の表情はわからなかった。彼は何度もうなずいて、『俺も』と消え入りそうな声で言った。

カフェじゃなく、ふたりきりになれる場所で会うべきだったと少し悔いた。

それからの日々は、引っ越しの計画と入籍の準備で、あっという間に過ぎた。恵を了に慣れさせる目的で、今の了のマンションにも二度ほど遊びに行ったし、了がうちで食事をとることも何度か経験した。

そして今日はなにより重要な、狭間家への挨拶。私にとってはここが正念場だ。

アパートの近くのコインパーキングに停めてあった了の車の後部座席には、真新しいチャイルドシートがセットされていた。

「これ、買ったの？」

「そうだよ、もちろん」

あらためて了の本気を感じた。車は以前乗っていた、ドイツメーカーのスポーツセダンから替わっていた。同じメーカーの、車高の高いＳＵＶ。「父親を乗せるから。脚が悪いと、こういうほうが乗り降りしやすいみたい」と了は屈託なく笑い、恵を抱き上げ、シートに座らせる。

「この子、タクシーとバス以外の車に乗るのはじめてなの、大丈夫かな」

「隣に乗ってあげてよ。おもちゃもあるよ。恵、どれが好き？」

トランクから了が取り出した箱には、布の本やぬいぐるみが詰まっている。私はため息をついた。これは甘々な父親になりそうだ。恵はご機嫌でチャイルドシートに収まり、私は反対側から隣に乗った。

運転席に座った了が、ルームミラー越しに声をかける。

「ベルトした？　出すよ」

うん、と答えながら、不思議な気持ちに襲われた。

三人の空間。戸籍上はまだ違うけれど、これは私が幼い頃から憧れていた、〝家族〟だ。負け惜しみでも強がりでもなく、これまでだって幸せだった。そのささやかな幸せの上に、もっと贅沢な幸せが降り注ごうとしている。それは私の手には余りそうで、怯みそうになるけれど、一緒に受け止めるよ、と了がその手を握ってくれる。

車がゲートをくぐり、走り出す。

ついこの間まで、予想もしていなかった明日へ向かって。

……なんて言いつつも、やっぱりそれなりに緊張していたわけなんだけれども、了の両親は、私と恵を歓待した。それはもう、全力で。

「めぐちゃん～、ババよ～！」

「いや早織さん、この愚息《ぐそく》から事情は聞きました。これまで、どれほど心細かったか、お察しします。本当にお詫びのしようもない！」

都心の高級住宅街の一角。現代風の大きな四角い家が了の実家だった。

客間はおそらく、杖が手放せなくなったお父さまのために改装したと思われる広々とした洋室で、私は浴びせられる歓迎と謝罪の言葉に圧倒されていた。

応接用のソファの対面で深々と頭を下げているのは、経済界の成功者としてだれもが顔を知る、狭間拓《たく》氏だ。私の記憶にある宣材写真よりほっそりしており、リハビリ生活の苦労がしのばれたものの、本人から発せられるオーラは強い。

私は自然と、同じような強者のオーラを頻繁に目にしていたSelfish時代に戻ったようで、気持ちがぴんと張った。

「同じときに、了さんやご家族も苦労されていたんです。私の癇癪《かんしゃく》と行き違いで、当時、なんの支えにもなれなかったことを悔いています」

「了！　このすばらしいお嬢さんを大切にするんだぞ！」

盛り上がる両親を冷静に眺めていた了は、「はいはい」と偉そうにうなずく。外では敏腕実業家という印象を与える了も、こうして見るとたいしたお坊ちゃんだ。

それまで緊張で硬くなっていた恵が泣きだした。

「あっ……も、申し訳ありません、よその家にお邪魔したことのない子で」

慌てて席を立ち、お母さまから恵を引き取る。お菓子やおもちゃで恵を楽しませようとしてくれていたお母さまは、恐縮する私に、「いいのよ」とところころと笑った。

「このくらいの頃は、親から離れられないくらいで普通よ。心身が健やかな証拠だわ。上手にお母さんしてらしたのね、早織さん」

私は、恵が産まれてから一度も下ろしたことのなかった重荷が、肩からすっと消えていくのを感じた。

「早織があんなに泣くの、はじめて見たよ」

「お恥ずかしい……」

美しく整えられた庭を了と歩きながら、私は後方にちらっと目をやり、バッグからコンパクトを取り出してすばやくメイクを直した。うしろでは恵が、車椅子のお父さまのひざの上に乗って散歩を楽しんでいる。車椅子を押しているのは、いきなり大泣きした私をさんざん慰め、励ましてくれたお母さまだ。

「初対面の方の前で泣くなんて、私もはじめてだった」

「気が張ってたんだね」

「ご両親は結婚に前向きだって、了も言ってたのにね」

　挨拶すると決めてから、どうしても肩に力が入っていた私に、了は何度も『心配しなくていいって』と安心させた。そりゃ実の息子は気楽よね、と思ったりもしたんだけれど、今日の様子を見る限り、本当に心配無用だったのだ。

「そうじゃなくてさ」と了が首を振る。

「え？」

「恵を育ててる間、ずーっと、だれも早織に大丈夫だよとか、うまくいってるよとか言ってあげられなかったんだね」

　また涙がこみ上げてきたので、ぎゅっと喉の奥に力を入れてこらえた。

「……まこちゃんは言ってくれてた」

「でも、真琴さんならそう言ってくれて当然って、早織は受け取っちゃうだろ」

　そのとおりだ。

「了って、怖いくらい私のことわかるよね」

「早織も俺のこと、けっこう見抜くでしょ。だから俺たち、あんなに一緒にいたんだよ。忘れちゃった？」

十月に入って、ようやく空気が秋めいてきた。上着を客間に置いてきた了が、ベスト姿でうーんと伸びをする。思い出したよ、と私は心の中で答えた。

了は小道の左右に咲いている、淡いサーモンピンクのばらの花を指でくすぐった。

「ひとりでがんばらせて、ごめん」

「了も大変だったでしょ。家の中、ほとんど新しくなってるじゃない」

真新しい両開きのドアのついた、間口の広い玄関、ガレージから続くスロープ、ゆったりした幅の廊下に手すり。今でこそ落ち着いて見えるけれど、彼ら夫婦の日常生活は一度ひっくり返ったのだ。両親と仲のいい了の心痛と苦労はどれほどだったか。

了が足を止めた。ばらの花を見下ろす横顔は、考え込んでいるふうでもあり、ぼんやりしているようでもある。

「了？」

「もう、ひとりじゃないよって」

遠慮がちな微笑みが、こちらを向いた。

「言う権利、俺にあるかな」

了がもう一度、その手に握りしめてくれた未来。一緒に行こうと誘ってくれた未来。ばらの甘い香り。高い秋の空。

「微妙なところ」

「見てろよ、鬱陶《うっとう》しくなるくらい言ってやるから」

つんとあしらった私を指さし、了が悔しそうに笑って宣言する。それから、追いついてきた両親に声をかけた。

「父さん、母さん。俺たちの結婚を認めてくれるよね」

夫妻は、まだその会話がなされていなかったことを忘れていたように顔を見あわせ、うなずいた。

「もちろん……」

「残念ながら、それは待ったほうがいいと思います、みなさん」

割り込んできたのは、聞き慣れない男性の声だった。

いつの間にか、ばらの茂みの向こうに長身の人影があった。了と似たような小ぎれいなスーツ姿で、微笑を浮かべている。欧米の血が入っていそうだ。色素の薄い髪と肌。瞳も茶色というより灰色に近い。彫刻みたいに整った、彫りの深い顔立ち。

彼は了に向き直り、気の毒そうに眉根を寄せた。

「あなたは今、結婚なんてのんきなことを言える立場ではないのです、義兄上《あにうえ》。失恋に打ちひしがれていたあなたが、再び希望を手にして舞い上がっているのはさいわいですが、もう少々お預けとさせていただきたい」

了は黙ったままだ。男性は美しい口元に同情的な笑みをたたえ、芝居がかった口調で了の両親に顔を向けた。

「込み入った事情がありますので、まず僕から義兄上に説明させていただきます。また参りますよ、お義父《とう》さん、お義母《かあ》さん」

拓氏は彼の真意を確かめるようにじっと見返したあと、「わかった」と厳かに言った。それからひざの上の恵を残念そうに見つめ、地面に下ろす。

こちらに駆けてくる恵を抱き上げ、了は物わかりよく、両親に言った。

「また日を改めて来るよ」

私は妙に冷静な気持ちで嘆息した。

ここまでが、うまくいきすぎだったのだ。

山あり谷あり

帰りの車中、了は無口になっていた。

私はがっかり半分、まあこんなものよねというあきらめ半分の心境だ。チャイルドシートの中で眠っている恵の額の汗を、ガーゼでそっと拭う。

「さっきの、どういう関係の方？」

運転席のうしろに座っている私からは、了がルームミラーでこちらをちらっと見たのがわかった。彼がハンドルを握り直す。

「今は狭間丈司《じょうじ》っていってね、もとは守衛《もりえ》っていう苗字なんだけど……あれっ、ちょっとごめん」

赤信号で停止したとき、コンソールパネルにくっつけてある了の携帯が鳴った。画面には【ジョージ】と出ている。十中八九、今聞いた狭間丈司氏だろう。

字面を見てほっとした。いったいどんな険悪な間柄なのかと危ぶんだけれど、どうやら違うらしい。ニックネームで登録するくらいにはくだけた仲なのだ。

想像を裏打ちするように、了の応答は「だれが失恋に打ちひしがれてたって？」というふてくされた文句だった。スピーカー状態の携帯から笑い声がする。

『悪かったって、冗談だよ。それより、うしろ、うしろ』

「え？」

携帯からの声に反応し、了が再びルームミラーに目を向けた。私もうしろを見た。

黒いイタリアメーカーのスポーツカーがぴったりつけており、運転席のジョージ氏が右前方を指さしていた。そこには広い駐車場をかまえた、大衆的な食事処がある。

了は少し考える様子を見せ、口を開いた。

「子どもが寝てるんだ。起こしたくない。うちまでついてきて」

携帯からはすぐに『了解』と返事があった。


「悪いねー、お邪魔して」

ジョージ氏が、玄関まで迎えに出た了と並んで部屋に上がってきた。

「来客用の駐車スペース、わかった？」

「コンシェルジュが案内してくれたよ、ハイ、恵ちゃん」

手を振ってもらったものの、恵は床に敷いたバスタオルの上でぐっすり眠っている。

これまでにも遊びに来ている影響で、了のマンションのリビングはすっかり幼児仕様だ。手の届く高さには小物や割れ物はないし、テーブルやテレビボードの角にはカバーがついている。

恵にタオルをかけたところで、床にひざをついていた私に、ジョージ氏が身を屈《かが》め、手を差し出した。

「ご挨拶が遅れました。了のいとこ兼、幼なじみ兼、義弟の丈司です」

「盛りだくさんですね……」

「僕に対して敬語はやめてください、未来の義姉《ねえ》さん」

その手を握った。温かい、男性的な骨格の手だった。

キッチンで飲み物を用意していた了が、三人分のグラスののったトレーを手に戻ってきた。上着を脱ぎ、ベスト姿になっている。

「俺と早織が結婚したとして、ほんとにお前の義姉ってことになるのかなあ？」

「それはたしかに疑問だね」

ジョージ氏がグラスを取り上げ、私に手渡すと優雅におじぎをした。仕草がいちいち大仰だ。けれどそれがしっくりなじむだけの容姿を持っている。

私たちはローテーブルを囲んで座り、アイスコーヒーで簡単に乾杯をした。

「ジョージさんと了が義兄弟というのは？」

「俺の妹と結婚したんだ。ジョージが狭間姓になってね。でもすぐに離婚した」

「苗字を戻さなかったということ？」

　私の正面に座ったジョージ氏が、にっこり笑ってうなずく。

「狭間になってわかったんですが、この苗字、とても便利なんですよ」

「ソレイユグループにお勤めなの？」

　これに答えたのは了だった。

「本体の執行役員だよ。俺と同い年。早織ならこのすごさがわかると思うけど」

　わかる。本体というのはグループの母体であり最大の企業である人材派遣会社『ソレイユ・コーポレーション』のことだ。超成果主義の合理的な社風だけに若い役員も多いが、それでも三十代後半から四十代のはず。ジョージさんは最年少に違いない。

　抜擢に狭間姓が考慮されるような会社じゃない。了だって後継者扱いをされてはいるけれど、期待に見あわない働きをしたら即、見切りをつけられるだろう。そんな世界で狭間姓であることは、得する反面、足枷《あしかせ》にもなるはずだ。それを『便利』と言い切る豪胆さ。ふてぶてしさと言うべきか。

　そしてたしかにその関係で、私の義弟となるかは怪しい。というかたぶんならない。

「了の妹さんって、かなり年下じゃなかった？」

了が「よくおぼえてるね」と驚いた顔をする。

昔、かわいがっている十歳下の妹の話をよく聞いた。つまりまだ学生のはず。

「その妹は、留学生活を満喫中だよ。ジョージと結婚したのはそっちじゃなくて、上の妹。すぐ下にいるんだ」

「そうだったの」

そういえばそんな話も聞いたかもしれない。

「しっかりした奴でさー。親父のゴタゴタで久しぶりに顔を合わせたけど、まあ強い強い。だいぶ助けてもらったよ」

「あ、会ったんだ？」

うれしそうな声を出したのはジョージさんだ。

「どう、元気にやってる？」

「やってるよ。ジョージにもよろしくって言ってた。会わせてやれなくてごめんな、ちょっと、人と連絡とってる状況じゃなくてさ」

「いいよいいよ、想像つくから。それよりこれ」

持っていた書類フォルダーから、彼がA４サイズの封筒を取り出し、テーブルに置いた。私と了の視線は自然とそこに寄る。

「結婚を延期したほうがいい理由だ。感謝しろよ、お義父さんたちの前でこれを広げるのは避けてやったんだから」

了が目だけ、義弟のほうに上げた。そのまま無言で封筒に手を伸ばし、中から数枚のコピー用紙を出す。見たことのある風景の写真が印刷されていた。了は、はーっとため息をつき、うなだれた。

「油断した……」

「このマンションの契約はやめろ。代理人を使って新しいところを探せ」

写っているのは、私たちが購入を検討していたマンションの外観だ。私は言わずもがなとわかりつつ、念のため了に尋ねた。

「引っ越し先、だれかに知らせてた？」

「まさか。結婚の話すら家族以外にしてないのに。ジョージ、これどうしたの？」

がしがしと髪をかき回し、了が唸《うな》るような声で問う。

「ソレイユ本体に送られてきたんだよ。宛先は本体だが、宛名には〝狭間〟とだけあった。だから俺のところに回ってきたんだ。変なところを通らなくてよかったよ、危なかったぜ」

「危なかったね……」

「なにが危ないの？」

尋ねた私に、ジョージさんが説明する。

「こいつはグループ内で〝人気者〟でしてね。だれかに弱みを握られているだなんて、不用意に知られるわけにはいかないんですよ。ちなみにこういう脅しめいたものが送りつけられてきたのも、はじめてではありません」

体制変更の一件が片づいてもなお、巨大グループ企業の御曹司は大変なのだ。嫌な言葉をあえて使えば、恵はいわば了の隠し子だ。了を蹴落としたい人間には、垂涎《すいえん》ものの存在だろう。この写真はつまり、〝知っているぞ〟というメッセージだ。

しかしそうなると……。

「むしろ入籍を急いだほうがいいってことはない？」

「悩ましいところです。さらっと入籍し、既成事実として結婚を発表できたらよかったんですが、それより先にだれかに嗅ぎつけられたということ自体が厄介なんですよ」

なるほど。現状は保留がベターということか。私は用紙を封筒に戻した。

「送り主に心当たりはあるの？」

了が難しい顔で考え込む。

「これ、届いたの最近？」

「ソレイユに届いたのは数日前だな。俺の手元に来たのは今朝だ。すぐにお前を探した。携帯がつながらなかったから」

「さすがに電源切ってた……」

ジョージさんは了のアシスタントに居所を聞き、実家に行っていると知って駆けつけたらしい。

「来るならもう少し早く来てよ、なんだよあのタイミング」

「あれでも車ぶっ飛ばした結果だよ！　あとちょっと遅れてたら、それこそ最悪な水の差しかたになっただろ、感謝しろ！」

してるしてる、と雑にうなずき、了は隣の私のほうを向いた。

「ごめん、こんなことになって」

「了が謝ることじゃないでしょ」

表情をふっと緩め、私の肩にことんと頭をもたれさせる。了が人前でこんなふうに甘えてきたことなんてなかったため、私は慌てた。ジョージさんのからかうような目つきに気づいて、顔が熱くなる。

了はしばしその体勢で静かにしていたかと思うと、「さて」と身体を起こした。

「とにかく、俺はしばらく身辺に注意したほうがいいってことだな」

「そう。当面、三人で出歩くのも……」

ジョージさんに言われ、了が両手で顔を覆う。

「できないよねー、あー、夢だったのに……」

「早織さんたちも気をつけてください。あなたがた親子に危害が及ぶことはないと感じていますが、用心するに越したことはない」

「気をつけます」

私は眠っている恵の手を握った。どこのだれか知らないが、この子に対してなにか仕掛けてきたら、どんな手段を使ってでも身元を特定し、叩きのめしてやる。

「了の地位がそんなにうらやましいのかしら。自分の品位を貶《おとし》めてまですること？」

「人がなにに命を懸けているかは、他人にはわからないものですよ」

その言葉にはっとした。そしてため息が出た。

結婚とはこんなにも、予想外の障害によって頓挫《とんざ》するものなのだ。

「ねえ、恵が泣いてるから」

「俺も泣いてるよ！」

仕方ないなあ、と玄関先で息をつく。

ちなみに了の腕の中で恵が泣いているのは、寝足りないからだ。一方の了は名残惜《なごり》しいどころじゃないらしく、しゃがみ込んで恵の身体を抱きしめ離さない。

「おーい、行くよ」

一度ドアの向こうに消えたジョージさんが、車のキーを片手に戻ってきた。了に代わって、私と恵をアパートまで送っていってくれるのだ。了の様子を見ると肩をすくめ、私と目を合わせた。

「早く次のマンションを見つけて、嗅ぎつけられる前に三人で引っ越せよ。会うのに移動を伴わないほうがずっと安全だ」

「そうする。恵、またね」

ようやく立ち上がった了が、恵の頭をなでる。残念ながら恵は眠気でぐずっていて、挨拶を返すどころじゃなかった。

「次いつ会えるかしら」

「近いうちに必ず。早織、これ」

彼が懐から名刺入れを取り出した。渡された一枚は、了のものではなかった。『株式会社ソレイユ・メディア・マノ』代表、速水百合《はやみゆり》とある。

ソレイユ・メディアならよく知っている。マーケティング力を活用し、求人情報誌やライフ情報誌といった、あらゆる雑誌を発行している巨大な広告制作会社だ。だけど『マノ』というのは聞いたことがない。

「この人に連絡してほしい」

「私が？」

「マノはソレイユ・メディアの関連会社で、家事や子育てをしている人たちをターゲットにしたメディアを作ってる。速水さんは昔、〝インターナショナル〟にもいたことがある人で、俺もすごくお世話になった」

話が見えてきた気がした。私は名刺をつまんだまま、呆然としていた。了がこちらの反応を探るように、じっと見つめてくる。

「よけいなことだったらごめん。早織の今の仕事も、今が楽しいっていう気持ちも否定する気はまったくないよ。でも組織で働くおもしろさは、早織の身体に染みついてるはずなんだ」

唇の内側を噛んだ。そうしないと震えてしまいそうだからだ。

「組織に守られる安心も、今の早織には必要なものだと思う」

「了……」

「早織のキャリアが活かせる仕事だ。従業員は九割が女性。子どものいる人も多い。

もしかしたら、早織の好きな雰囲気じゃないかもしれない。だけど」

了は言葉を途切れさせ、「早織」と困った顔をした。おそるおそる手を伸ばし、私の頬の涙を指で拭う。そのとき、つないでいた恵の手がするりとほどけていった。ジョージさんが恵を抱き上げ、そっとドアの外に消えていくところだった。

「無理にとは言わない。でも俺は早織に、やりたいことをあきらめてほしくないんだよ。自分を落伍者《らくご》だと思ってほしくない。早織の個性と能力を求めてる場所は、ちゃんとあるって知ってほしいんだ」

「すぐに連絡する。明日の朝にでも」

嫌だな、私、涙声だ。これじゃまるで会社に未練たらたらだったみたいじゃないか。今の仕事も楽しい、なんて胸を張ったくせに。

いいや、と心の中で首を振った。了はそんな解釈はしないだろう。どっちも楽しいよね、捨てるしかなかったものが戻ってきたら、そりゃうれしいよねって、そう思ってくれるはずだ。

これが私の好きになった、了だ。

「やっぱりきつくなったり、恵のそばにいたいと思うなら辞めたらいいよ。それも人生の選択だもん。だけど次に辞めるのは、辞めたいと思ったときだ」

「うん」

温かい手のひらが両頬を包む。

「ありがとう、了」

お礼を言うのと同時に、また涙が転がり落ちた。了が私の顔を上向けさせ、許しを請うみたいにのぞき込んだ。かすかにうなずいたところに、唇が重なってきた。

再会して、はじめてのキス。

車の中でした、あの一度目のキスと同じように、優しく、丁寧で了らしい。

変わらない唇の感触。温度。途中で軽く食《は》むくせ。名残惜しそうに離れていく余韻も、あの頃のまま。

了は微笑んでいた。

「俺ね、怒ってるんだ」

「なにに？」

「早織に、なにもかもを捨てなきゃいけないと思わせたなにかに」

両手がゆっくりと、私の耳や顔をなでる。どれくらいぶりだろう、だれかにこんなふうに触れてもらうのは。

「自分自身のことで怒るのは疲れるし病むから、早織はそういう気持ちを忘れたままでいい。でも代わりに俺はずっと怒り続けるよ。それから何度だって教えてあげる」

「なにを?」

了はにやっと口の端を上げた。

「お前にプロポーズしてるのは、どこのだれかってこと」

もらった名刺に思わず目を落とし、笑ってしまった。うん、そうね。なにもかもが、さすがソレイユグループの御曹司だ。

「そうして。じゃないとたまに忘れちゃうから」

「こんなことしかできないけど」

「十分よ」

彼の腰に手を回すと、了はすぐに合図を受け取り、もう一度甘いキスをくれた。さっきより力強く、熱いキス。了の両腕が背中に回り、私を抱きしめる。ほんの一瞬、時間も場所も忘れて、きつく抱きあって、お互いに懐かしい唇を味わった。

「それじゃあね」

「連絡する。気をつけて」

最後に軽く、唇をぶつける。ああ、了だ。何度こんな別れの挨拶をしただろう。

「ありがとう」

ドアを出るとき、口から出たのはおやすみでもさよならでもなく、そんな言葉だった。了はきょとんとし、それから照れくさそうにはにかんで、手を振った。

廊下の先でジョージさんが恵をあやしていた。私を見ると、冷やかしと祝福半々の笑みを浮かべる。

ありがとうね、了。私をあきらめずにいてくれてありがとう。

自分自身ですら忘れかけていたものを、思い出させてくれてありがとう。

私もがんばる。

＊　＊　＊

過去の仕事柄、独創的な風貌には慣れているつもりだ。それでも速水社長の印象は強烈だった。

「男だの女だの、いちいち区別するのは好きじゃないんだけど。残念ながら子どもを産むのは、どうがんばっても女だけなのよね、今はまだ」

吐き捨てるように言う彼女は、シルバーに近い金髪のベリーショート。ローズピンクのカラーに、黒と白の大胆なバイカラーのスーツ。アクセントは口紅でもネックレスでもなく、真っ赤なコインが連なったようなデザインのイヤリングだ。

上級者だ、と私が無意識に測ったことに気づいたんだろう。くつろいだ応接スペースの対面のソファで、彼女がちらっと笑った。

そして予想していたより年齢が上だった。表情が豊かで肌が抜群に美しいから若く見えるが、もしかしたら還暦を迎えているかもしれない。

了の人脈もつくづく広い。

「狭間さんと結婚を考えてらっしゃるそうね」

呼ばれて訪れたメディア・マノは、都心からはずれた場所にゆったりとかまえられたきれいな二階建ての社屋だった。今いる社長室は一番奥まった場所にあり、半地下の中庭を眺められる巨大な窓が、壁の一面を占めている。

「はい」

「彼は家庭で役に立つ？　家はただくつろぐ場所じゃなく、日々メンテナンスをしないといけないものだと知っている？」

「えっ？」

雑談と見せかけた、プライベートのちょっとした探りあいかと思ったら、そうじゃない気配がしてきて、私は面食らった。

「経験から言わせていただくと、のびのび働いている子持ちの女性は、シングル、別居中、実親と同居、の順に多いの。子どもの数は関係ないわ。あるのは生活に占める夫の割合。それが増えるほど、のびのびできないというわけよ。いったいどういうことなのかしらね」

理解不能とばかりに、ネイルの施された両手を広げてみせる。私はぽかんとしたあとで、「彼は大丈夫です」と笑った。速水社長の眼鏡のレンズの奥で、色の薄い瞳が細められ、つやつやした唇が笑みを作った。

「ではここでやりがいを見つけられたら、彼のおかげね。夫に感謝しながら働けるのは幸せなことだわ。信じてちょうだい、あなたの未来は明るいし、私の仕事はわが社のすべての従業員がそうであるよう、全力を尽くすことです」

きっぱり言い切ると手を伸ばし、握手を求めてきた。その手を握ったとき、まさしく彼女の言ったとおり、目の前がワントーン明るくなった気がした。

「そっかあ、おもしろい社長さんだね」

まこちゃんが恵に絵を描いてやりながら、うれしそうに笑う。スーパーの仕事のあとでマノを訪れた私の代わりに、保育園に迎えに行ってくれたのだ。私は部屋着に着替え、これから出勤するまこちゃんのために、簡単な食事を作ることにした。

「勤務体系もかなり自由が利くみたいで」

「すぐ移るの？」

「ううん、今の職場もちゃんと引き継いでからやめたいし。一カ月、時間をもらったの。『もちろんいいわ、責任を果たしてきてください』だって」

冷蔵庫から卵と食パンを取り出す。まこちゃんの好きな卵焼きサンドにしよう。

『今すぐだろうが半年後だろうが歓迎よ。いつだって人は欲しいの。人がいたら、それだけできることが増えるもの』

速水社長はそう言って笑った。〝人が欲しい〟イコール〝手が足りない〟ではないのだ。心から自分の会社を愛する経営者だと感じた。

「楽しみだね」

「そうなんだけどね。引っ越しのタイミングもわからなくなったし、引っ越し先が決まらないと保育園も探せないし、そもそも結婚したら、保育園に入れる保証もなくなるし……考えることは山積み」

味つけをした卵液を、小さめの四角い容器に入れ、レンジにかける。その間にマヨネーズとからしを合わせ、食パンに塗った。

居間のほうから「あれー？」とまこちゃんの声がした。

「了くんから聞いてない？　もしかしてサプライズにする気かな」

「なにを？」

半熟になった卵をかき混ぜ、もう一度レンジに入れる。

「私をシッターとして雇わせてほしいって、連絡をくれたんだよ」

唖然《あぜん》として、菜箸を落としそうになった。外廊下のほうを向いている流しの前で、身体をねじって居間を振り返る。

「え？」

まこちゃんがこちらを見て、にこっと笑った。

「さおちゃんがお仕事で忙しくなったり、保育園に入れなかったり、いろいろ可能性があるでしょ。そういうときのために、私と契約したいって。すごくきちんとした契約書も持ってきてくれたよ」

「でも、まこちゃん、昼も仕事が……」

「減らすことにした。だってついに夢が叶うんだよ！」

いつの間にか加熱が終了していたことに気づき、慌てて容器を取り出した。

まこちゃんは保育士を目指していた。短大に通い、資格も持っている。だけど保育士として働くことはできなかった。採用面接に通らなかったからだ。

『またまた、男か女かはっきりして、って言われちゃった』

力なく笑って面接から帰ってくるまこちゃんを、何度も見た。やがてまこちゃんは就職活動をやめ、夜はバーで働き、昼はアルバイトをして暮らすようになった。

まこちゃんを必要としてくれる場所はあるよ。

あのとき、言いたくても言えなかった言葉。本心だったけれど、私が言ったところでなんの意味もないし、無責任すぎる気がして、声にならなかった。

了、私たちにどれだけのものをくれる気？

「さおちゃんたちが引っ越したら、たぶん今みたいに駆けつけられる距離じゃなくなるけど、その代わりシッターとして、責任もって通うよ」

「了の手回しのよさにはびっくりね」

恵が「かいて」と差し出す水性ペンを受け取り、まこちゃんが首を振る。

「手回しなんかじゃないよ、あれは愛だよ」

ほどよく固まった卵をパンでサンドしながら、そうだよね、と心の中でうなずいた。まさしく愛だ。多忙な了は、だからこそ迷わず、与えたいと思ったら即座に与えるし、必要だと思ったら動く。大事なもののために。

「本当の父親でも、あそこまでできる人はいないよ。いや、本当の父親なのか」

ややこしいね、と笑っているところにサンドイッチを持っていく。

「卵ふわふわ！　おいしい！　恵も食べる？」

恵が小さな歯を見せてかじりついた。ふっくらしたほっぺたに挟まれた口を無心に動かす様子は、いつまででも見ていられる。

「送られてきたっていう写真の話、嫌だね」

「それが了の立場ってことなんだよね。これがはじめてじゃないっていうんだから、かわいそうに。グループ外にも敵はいるだろうし」

「さおちゃんと恵が、これから了くんの支えになるね、きっと」

私は気恥ずかしさを抱えつつ、「うん」とうなずいた。そうなれたらいい。了が私たちを支えようとしているのと、同じように。

しかしその前に、いつになったら家族になれるのか。

先は長いかもしれない、とため息が漏れた。

ソレイユの御曹司

「よかった。さすが百合さん、仕事早いなあ」

リビングのラグの上で恵をひざにのせ、自分の昼食を分け与えながら了が言う。

速水社長との面会から数日がたったある日、スーパーの仕事のシフト変更に応じた影響で、急に翌日が休みになった。私はなんとなく、了に連絡することを思いついた。

『恵を連れてうちにおいでよ。夕方までなら、家でも仕事ができる』

というわけで保育園を休ませ、了が手配してくれたタクシーに三十分ほど揺られ、彼のマンションを訪れた。

お昼は用意しておくとのことだったので、了が作るのかなと思ったら、お店みたいな定食が並んでいたからびっくりした。いきつけの定食屋が届けてくれるのだそうだ。恵も一緒に食べられるよう、柔らかい煮物と煮魚を特別に用意してくれたらしい。

先に食べ終えた私は、冷たい飲み物を用意しようとキッチンへ立った。だれかが恵の面倒を見てくれていると、こんなにもスムーズに自分の食事が進む。感動だ。

「インターナショナルで、どういう仕事をなさってたの？」

「俺のふたり前の社長だよ。うちはテレビタレントをほとんど扱ってないんだけど、あの人の時代にその方針を固めたんだ」

「テレビ局や代理店にへいこらするタイプの方じゃなさそうだものね」

「しいたけ食べさせて平気？」

「その半分の大きさにしてから口に入れてあげて」

了解、と半分かじり、残りを恵に食べさせる。こういうときの常で、食べさせる側の人間も、口を開けてしまうのが微笑ましい。私は恵の飲み物も用意しようとして、気づいた。

「ストローマグを持ってくるの忘れちゃった。この家、ストローある？」

「ないなあ。コップじゃダメ？」

「飲めなくはないんだけど……すごくこぼすと思う」

「こぼしていいよ」

了が笑いながらこちらに手を差し出した。私は少し迷ったものの、なるべくカジュアルなマグカップを選んで水を注ぎ、持って戻った。

「ほら、飲めてるよ。あー！」

「あーっ！」

言わんこっちゃない。キッチンに駆け戻り、布巾を掴む。リビングからふたりの笑い声が聞こえてくる。

「ごめん、了。服は大丈夫？」

「ただの水でしょ？　出勤の前に着替えるし。こら、傾けすぎだよ、恵ー」

本当に楽しそうだ。受け取った布巾で、自分の濡れたチノパンは無視し、恵の口周りと服を拭う。私はバッグから恵の着替えを取り出した。

「濡れた服、置いてっていいよ。洗っておくから」

「ほんと？　すごく助かるけど……」

「大丈夫だって。こういうこともあろうかと、無添加の洗剤買ったし」

胸を張る了の勉強熱心さと実行力に感心しつつ、苦笑もした。私が気にしたのは、忙しい了の手間のことだ。

「それ、うちより神経を使ってるわ」

「そうなの？　普通の洗剤でいいの？」

「洗剤にまで気を配ってたのは、一歳になる頃までかな。さいわいなんのアレルギーも出なかったし、肌も弱いほうじゃないってわかったから」

「そっかー、苦しいことがなくてよかったねえ、恵」

顔をくちゃくちゃになで回され、恵は迷惑そうにしかめ面をする。

「了ってアレルギーとか、あった？」

「小さい頃、喘息《ぜんそく》気味だったって聞いてるけど、そのくらいかな」

なるほど。じゃあこの先、そういう体質が出てくる可能性もあるわけだ。頭に留めておかないと。

子どもの体質を知る上で、私の側の情報しかないというのは、不安だった。離乳食時代、はじめての食べ物を与えるときはいつも、了が好き嫌いをする様子がなかったことを思い返して、きっと大丈夫と祈るような気持ちでほんのひとさじ食べさせた。

着替えさせようと恵を引き取ろうとした私の手を、了が握った。

「食事が終わってからでいいでしょ」

「まだ食べさせる気？」

「恵に果物を買っておいたんだ。あとで出してあげるからねー」

言いながら恵の頭に口づける。まったく、目も当てられないでれでれぶりだ。

了はあきれる私の手を引っぱって、自分の隣に座らせた。〝寄りかかれ〟とでも言っているみたいに肩を抱き寄せるので、そのとおりに体重を預け、肩に頭をのせる。

私のこんな姿を見たことがないであろう恵は一瞬きょとんとし、それから顔を輝かせた。彼女なりにすばらしいことを思いついた目つきだ。

やがておもむろに、大人の四本の脚の上を端から渡りはじめた。

「いてて、いて」

「恵、手はここ。髪は掴んじゃダメ、痛いって言ってるよ」

肩に手を置くよう教えると、真剣そのものの恵は、不可解そうに「まま、いってない」と眉根を寄せる。私ははっとして口ごもった。

「えっと……」

了も、なにが起こったのか気づいたようだった。恵を抱き上げ、「そうだね、ママは痛いって言ってないね」としらじらしく同調する。

「だれが言ったのかなあ?」

「あのねえ……」

横目でこちらを見る了に腹が立つ。

いまだに、恵の前で彼を〝パパ〟と呼んだことはない。いや恵だけじゃなく、だれの前でもそうだ。使い慣れない言葉である上に、半分しか事実じゃない。

なによりも、恥ずかしい。

了は当然、言ってほしくて仕方ないに違いない。

「ま、いいや。恵、桃好き？　さくらんぼは？」

唇を噛む私の横で、恵を抱き上げ、とろけそうに甘い声を出している。

その様子があんまりうれしそうなので、許した。

「ありがとう、まこちゃんのこと」

恵が眠ると、了は書斎からＰＣを持ってきて、リビングのローテーブルの上で開いた。寝顔を見ながら仕事したいんだそうだ。

モニタを見つめたまま、「ううん」と了が首を横に振った。

「早織に黙って連絡とってごめんね。もう少し具体的な調整が済んだら言うつもりだったんだ。ぬか喜びになっちゃったらまずいと思って」

「まこちゃんが保育士志望だったって、私が言ったんだった？」

了はまた「ううん」と首を振った。

「二度目に早織の家で会ったとき、真琴さんから連絡先をもらったんだけど」

「その話はあとから聞いた気がする」

「そのとき、もし一瞬でも恵とふたりきりになったときのためにって、育児書と、恵の母子手帳のコピーをくれた」

「そこまで⁉」

思わず大きな声を出した私に、しーっと了が人差し指を立てた。すぐそばの床で恵が寝息をたてている。どうやら起こさずに済んだみたいだ。

「どこが大事な情報かわからなかったから、丸暗記した。俺、恵の出生時の体重まで言えるよ」

「まじめねえ……」

「真琴さんのそういう対応にプロのにおいを感じたんだよね。それで聞いてみたら、資格を持ってるっていうから」

さすが了の嗅覚だ。この力で、入所志望のモデルの意欲やモラル、打たれ強さを見抜き、それらがなければどんなに容姿が優れていようと認めない。ソレイユ・インターナショナルの抱えるモデルが粒ぞろいで、不祥事とも縁がないのはそのせいだ。

「そういえばさあ、俺、知識がついたのがうれしくてね」

「うん？」

「周りの、子どものいる人といろいろ話したんだよ。そうしたら、自分の子の出生体重を言える父親って皆無でさ。逆に女性はみんな言えた」

「ああ……」

そうかもしれない。予防接種や健康診断のたびに記入する、なにかと登場の多い数字だけれど、それを担当しない人には、おぼえる必要もないものだ。

「育児書もね、〝母親、母親〟って書いてあるわけ。〝赤ちゃんは母親の視線を感じることで安心します〟とか。あれ、父親どこいったのかなっていう」

「わかる」

私も思った。最初は気にならなかったんだけれど、仕事がうまくいかなくなり、母親をしていることがきつくなってくると、そういうものが目についた。

「あれじゃ、女の人は〝自分がやらなきゃダメなんだ〟と思うし、男は〝お呼びじゃない〟と感じちゃうよなあ」

「それを都合よくとる男の人も多そうだけどね」

「俺はさみしかったよ。父親の視線じゃダメですか、って」

横顔が、本当にしゅんとしてさみしそうなので、手を伸ばして頭をなでた。恵が宿ってからの日々、感じていたことが思い起こされた。

「私はね、〝父親〟っていう言葉を見るたび、罪悪感が湧いた」

了がこちらに顔を向けた。

「両親がそろっていることが〝普通〟で、恵は〝普通〟じゃないところに産み落とされる、かわいそうな子なんだって。そうしたのはお前だって、責められてる気がした。自覚もあったしね」

腕が私の肩を抱き、引き寄せる。

「俺がいたらって、考えた？」

「考えないようにしてた。了と同じよ。私も了が、だれかとお見合いして、結婚の話を進めてると思ってたから」

「ごめんね……それについては完全に俺が悪い。ほんとごめん……」

了の声が力を失い、消え入りそうになってしまったので、私は笑った。私にペンダントを差し出したときの、会話の切り口の選択ミスを、生涯で一番というくらい後悔しているらしい。

「恵が生まれてからは、世の中で言われてる、あり得ない父親たちの話を見聞きして、そんな父親ならいないほうがましだって思ったり。でもね」

温かく頼もしい肩に頭をのせ、自分のひざを抱えた。

「それはあくまで、会ったこともない人たちが吐き出してる、実体のないなにかであって、まったくもって了じゃなかったの。今、それを痛感してる」

危なかった。その幻影が、了と家族になりたいという欲求を上回らなくてよかった。

そんなものをぶち壊す勢いで了が来てくれて、よかった。

了の匂いは今も私を落ち着かせる。先日、三年間も香水を変えていないのかと聞いたところ、『ちょくちょく変えてるよ』とのことだったので、これは了自身の匂いなんだろう。

こうしている間にも、了のPCのモニタには目まぐるしくなにかの連絡が飛んできている。メーラーだったりメッセージアプリだったり、ツールもさまざまだ。

メールのひとつに、「あ」と了が目を留めた。

「いいのが見つかったみたい」

「え？」

添付ファイルを開き、モニタをこちらに向ける。分譲マンションの情報だった。

「条件は前回探したときと変えてないから、問題ないと思うんだけど。どう？　よさそうなら俺が見に行ってくる」

「よさそう。見てきて。写真送ってね」

きれいな外観と、便利そうでありながらものんびりした周辺の様子に、私は浮かれた。もともと引っ越しは好きだ。実家を出て以来、次はさらにいい街、さらにいい部屋に出会えると信じて住処を移す根無し草な生活を楽しんできた。

欲を言えば自分の足と目で探したいが、今回はそこは我慢だ。

「マノで働き出すのと引っ越し、どっちを先にするのがいい？」

「ほぼ同時がいいかな」

「タフだねー」

「集中力を上げて一気に片づけたいタイプなの」

了がキーボードを叩き、返信を書きはじめる。暮らしががらっと変わる気配に、久しぶりにわくわくした。

「ご両親は？　写真のこと、報告したんでしょ」

「したよ。この粗忽者《そこつもの》って怒られた。早織と恵を、お前が守らんでどうするって」

「あら」

了が手帳に手を伸ばし、開きながらすねた声を出した。

「返す言葉もないけどね」

「私からも今度、手紙となにか……果物とかお菓子を送らせてもらう。会いに行けたら一番だけど、難しいものね」

手帳の内容を追っていた瞳が、こちらを向く。

「俺の両親のこと、好きになれそう？」

「もちろん。すごく」

まだ足りない気がして、「かなり」と言い添えた。了は笑顔になり、安心したようにふーっと息をついた。まるで、ようやくそこを確認できたといった感じだ。

「よかったー」

「そう見えてなかった？」

「ん……見えてたけど、俺の願望かもしれないし。一度ちゃんと聞きたかった。でもなかなかきっかけに困るもんだね、こういう質問」

そういうものか。私は了のひざをぽんぽんと叩いた。了がその手を取り、こちらに首を伸ばして、唇に軽いキスをする。そうしながら彼の目が、私越しに恵の様子を確認したのがわかった。しっかり眠っていることを確かめたかったんだろう。

私はくすぐったさに、ひとりでくすくす笑ってしまった。

「なに笑ってるの」

「ううん。私の母にもいずれ会ってね。残念ながら手紙でしかやりとりができなくて、結婚の連絡にもいまだに返事が来ないんだけど」

「ユニークなお母さんだね」

お恥ずかしい、という気分で肩をすくめた。まあ、反対されることはないとわかっているだけ気楽だ。彼女は私の結婚に、興味などない。恵が産まれたときは、報告すらしなかった。したところでお互いなんの益もないとわかっていたからだ。

この家庭環境が私を育て、私は今の自分にそこそこ満足しているので、不満やコンプレックスというほどのものはない。だけどやっぱり、了に対して申し訳なさを感じる。私が了の両親から与えられたような歓待の気持ちを、了にもあげたかった。

ふと視線を感じ、考えにふけっていたことに気づいた。了がにこっと笑う。

「早織を産んでくれたってだけで、俺はもう、早織のお母さんをけっこう好きだよ」

情けない。この年になって、そんなことを言われたくらいで涙が出るなんて。私ですら胸を張って大好きと言えない母のことを、だれかがそう言ってくれるのを待っていた気がするなんて。

「入籍の日取りが決まったら、もう一度手紙を出すわ」

「そのときは俺も一筆書くよ。まあその前に、その入籍がいつになるかだよね……」

了が思案げに宙を見つめる。安心して結婚に臨むには、あの写真の送り主、あるいは目的を突き止めるしかない。

「あまり大ごとにしたくないけど、今回ばかりは調査会社を使うかなあ」

「そのあたりの判断は、了に任せるわ」

頭の片隅が、無意識のうちに現実的な計算をはじめた。引っ越したら、生活費を全部出すと言ってくれている了の言葉に甘えよう。思うほどことがうまく運ばず、入籍の延期が長期化したら、いずれまた恵とふたりの生活に戻るときがくるかもしれない。新たな収入はそのときのために貯めておくべきだ。

Selfish時代の貯金もわずかながら残っている。マノの収入は、当時よりは劣るが、今の倍近くになる。ただしオフィス生活がはじまったら、支出も増えるだろう……。

再び視線に気づき、はっと顔を上げた。了がじっと私を見ていた。

「早織のことだから、なにひとつ楽観はしてないと思うけど」

「えっと、そういうわけじゃ」

「俺はあきらめないし、無謀な行動に出て早織と恵を危ない目にあわせたりもしないよ。できることを積み重ねて、欲しいものを手に入れる。これまでもそうしてきた」

彼らしい純朴さと、ビジネスの成功者らしい自信がまざった声だった。

「どうしたの。かっこいいじゃない」

「まあね」

私の冷やかしに、まんざらでもなさそうに肩をすくめる。

「ただまあ、すべての問題はこの俺がどこのだれかってとこにあってね」

笑ってしまった。いつか聞いた台詞だ。意味は正反対だけれど。

「人生、退屈しなくていいわね、ソレイユのお坊ちゃま。さ、仕事に戻って。私はちょっと昼寝をさせてもらう。夜中に恵が起き出して、寝られなかったの」

了はにこっと笑い、ソファのひじ掛けからコットンのブランケットを取ると、恵のそばに横になった私にかけた。身体が覆われた安心感で、すぐに瞼が落ちる。

了と同じ匂いのするブランケット。カタカタとキーを打つ音。

私以外のだれかが恵のそばにいてくれると思うと、心強かった。

＊　＊　＊

一カ月後、私はマノの社屋の洗面所で心を落ち着けていた。

息を吐いた。深く深く。もう吐く息なんて残っていないと思ってからも、さらに。

緊張を緩める私の儀式だ。緩めるというより、身体を極限状態に追い込むことで、緊張どころじゃなくするという目くらましだ。

鏡には寸分の隙もなくメイクした自分が映っている。

……はずだったのだけれど、やっぱりメイクも、毎日しないと勘が鈍る。流行にも疎《うと》くなるし、自分の顔や肌の変化にも置いていかれる。

以前の環境だったら、こんなメイクじゃ鎧《よろい》の役目は果たさなかっただろう。でももういいのだ。鎧がなくても生きていける場所へ来たのだから。

「伊丹早織と申します。女性ファッション誌の編集を四年、副編……」

約三十名の編集部員を前に、私は声を詰まらせた。

総勢百名弱のマノ。三分の一が編集、もう三分の一がWEBページなどのシステムも含めた制作部隊、残りの三分の一が営業や広報、管理部門だと聞いた。この人数で、片手に余る数のコンテンツを企画管理している。

日当たりのいい明るいオフィス。広い机の上が試し刷りや校正用紙で埋め尽くされている景色は懐かしい。ただそこから送られてくる視線が、私を異物だと自覚させた。

年齢も容姿もさまざまの女性。私のために椅子から立ち、話が終わるのを、もしくは興味のある情報が吐き出されるのを待っている。

ドクン、ドクン。心臓が激しく鳴りはじめた。

メイクと同じだ。私はこの空気を忘れてしまった。どうやって溶け込み、かつ自分を出していけばいいのか。感覚で知っていたはずなのに、なにも出てこない。

「……副編集長を一年と少し、務めていました。そのあと出産し、復帰したんですが、すぐに辞めて……」

今のくだりは、言う必要があっただろうか。もちろん隠し事をしたいわけじゃないけど、この場でわざわざ話すことも……。

「……この一年ほどは、パートをしていました」

「なんのパートですか？」

目の前の、一番近くにいた女性がふいに声を発した。

おそらく四十代半ば。マスタードイエローのトップス、紺のワイドパンツ。ショートヘアは実用的ながら、無造作な印象を与えない。ニットのトップスは、インナーとボトムを変えれば晩夏から初秋を乗り切れそうな優秀アイテム。足元のキャメルのオープントゥパンプスが全体をほどよくくだけさせている。

瞬時にそれらの情報が頭に入ってきて、その瞬間、ぱっと視界が開けた気がした。ひとりひとりの顔、髪型、顔つき、服装。場を包む、好意的な熱気。見ていたけれど見えていなかったものが、鮮明に飛び込んでくる。

「――あ……」

「あ、ごめんなさい。私は秋吉《あきよし》といいます。料理系の媒体を担当してるの。パート先が調理系だったらうれしいなあって」

「あの、まさしく、スーパーの惣菜部で、調理もしていました」

秋吉さんが「やった！」とうれしそうに歯を見せ、背後を振り返った。

「クーポン系メディアもあるの、そっちも助かるかも。ねえ？」

奥の島にいた女性が笑顔で手を振って応《こた》える。秋吉さんが再びこちらを向いた。

「でもやっぱり、女性ファッション誌という前歴を最大限活かすお仕事をしてほしいかなあ。まずはいろいろ一緒にやってみましょう。もしかしたら伊丹さんを編集長にして、新しいメディアを作るのがいいかも。あっ、ちなみに私は十七時までの勤務で、月曜は出社しません」

いきなり展開した話についていけず、私は「は、はい」とうろたえた。

「みんな出社時刻もバラバラだし、在宅ワークの曜日を設定してる人がほとんどなんです。慣れるまで大変かもしれないけど、だんだんリズムがつかめてくると思う」

「はい」

「自宅でも隙間時間に仕事をしたくなったら、管理システムにログインすれば、ちゃんと勤務時間としてカウントされます。ソレイユさまさまってとこ」

私は噴き出し、「ですね」と同意する。

「戦力になれるよう、勉強します。よろしくお願いします」

「こちらこそ。頼もしい方が来てくれてうれしい。がんばりましょうね」

拍手に包まれながら、頭を下げた。

冷たかった手が、高揚に火照《ほて》っているのを感じた。


夕方、成果を出すような仕事はなにもしなかったというのに、くたくたになって家に着いた。久方ぶりに企画の仕事に触れた影響でテンションは高い。この勢いで引っ越し準備をしてしまおう。

「ただいまー」

「おっかえりー」

玄関から居間をのぞくと、恵とまこちゃんがテレビの前で踊っているのが見える。ころころ太った恵がジャンプするたび地響きがする。ここが一階でよかった。安さだけでなく、こういうことも考えて選んだのだ。

靴を脱ぐ前に、背後でチャイムが鳴った。ブザーと呼ぶほうが似合う、〝ブー〟という不躾《ぶしつけ》な音だ。のぞき穴に顔を近づけようとしたとき、ドア越しに声がした。

「早織さん、丈司です」

普段、この場所で聞く声じゃないため、一瞬混乱する。

「……ジョージさん？」

「お届け物です。お坊ちゃまから」

ドアを開けると、たしかにジョージさんが立っていた。スーツ姿で、封筒を差し出している。了の会社の封筒だ。

「それと伝言です。『あとで必ず電話する』と」

「はあ……」

私は封筒を受け取り、中を確認した。肩の部分に日付の入った、二枚のコピー用紙だった。ＦＡＸで受信したものだ。一般家庭でも絶滅しかけているＦＡＸは、なぜか法人がしつこく使っている。

雑誌記事の原稿だった。写真が入るのであろう部分は空白で、なにか殴り書きしてある。もう一枚が写真だった。写っているのはひと組の男女だ。男性はどう見ても了。若い女性は見おぼえがない。けれど記事のほうにしっかり書いてあった。

【女性ファッション誌〝Selfish〟専属モデル、芸能事務所社長と自宅デート】

こういう方向でくるとは。

「この間の写真の続き？」

「確認中ですが、十中八九そうでしょうね」

深いため息が出た。

どうやら、どこかのだれかが本気を出したらしい。

きっと、だれもが

「よかったじゃない、いい男に写ってて」

夜の十時前。声をひそめて話した。隣の部屋で恵が眠っているのだ。携帯電話の向こうから、了の唸り声が聞こえてくる。

『まあね』

「Selfishもいつの間にか、こんな雰囲気のモデルを使うようになってたのね。全然知らなかった」

記事に名前が出ていたので、せっかくだと思って調べたのだ。二十二歳。まだあどけなさが残り、まとっているキャリアファッションが背伸びしているように見える。

『早織が辞めてすぐの頃、神野さんからうちにオファーがあったんだよ。雑誌がハイクラスに向かいすぎているのを緩和したい。そのシフトチェンジを象徴する専属モデルを探してほしいってさ』

「それで彼女を紹介したの？」

了が『そう』と答えた。

『服を着せると化けるタイプの子だ。素顔は年相応に子どもっぽくて、撮りかた次第でそれを出せる。Selfish の格を下げずに新鮮さを与えるのにベストだと思った』

「さすがね」

私は Selfish のページをめくった。まこちゃんが恵を見てくれていた間に、コンビニにひとっ走りして買ってきたのだ。久しぶりに見る誌面。相変わらずこだわり抜いた媚びない構成に、美しいグラビア。

価格が三十円上がっている。紙や印刷の質を落とすのと、ページ数を減らすのと、単価を上げるのと、どれを選択するかで悩み抜いたに違いない。

その場にいたかった。そう素直に思えた自分に驚いた。

編集部を去ってから、Selfish は見ないようにしてきた。勤め先のスーパーにも少数の入荷があったけれど、あえて無視した。私がいなくても、変わらず読者を魅了していることをあえて確認する必要などなかったからだ。そんな虚しい行為、ごめんだ。だけど今こうして再び手にしてみると、もう二度とかかわることのできない無念さより、いっときでも深く携わった誇らしさのほうが勝る。

現金なものだ。新しい職場で歓迎され、やってきたことは無駄にならないと感じただけで、これだ。

『なに笑ってるの？』

「え、ごめん。笑ってた？」

『笑ってたよ。気持ち悪いなあ』

「うるさいな。それよりどう手を打つの？」

『それがさあ』と落胆した声がする。

『だんまりを決め込むしかないんだ。代わりに提供できるネタもなくて。こんなときのために、脱税でもしておくんだったよ』

「クリーンな商売も考えものね」

このゴシップをリークしたのはやはり、マンションの写真を送ってきたのと同一人物とみて間違いなさそうだった。ゴシップメディアに送られてきた書面と、ソレイユに送られてきた書面の、紙と封筒がまったく同じだったらしい。『これだけ間の抜けた犯人なら、逆に安心ですね』とジョージさんが複雑な声で電話をくれた。

たしかにある意味安心した。この犯人の目的は、あくまで了、もしくはソレイユ・インターナショナルの地位を落とすことであり、恵や私をどうこうすることではないとわかったからだ。

『この写真、手をつないでるように見えるけど、偶然だからね。ほんとは距離がある』

「わかってるわよ。私をだれだと思ってるの」

『そっか』

以前いた会社は、きわどい雑誌も出していた。編集部の雰囲気は独特で、近寄りがたいというより、近づいたら終わり、という感じだった。けれどそのおかげで、その手の雑誌のやり口は知っている。

『引っ越しの準備はどう？　人をやろうか？』

「大丈夫よ、荷物も少ないし。そっちこそ、新居の住み心地は？」

『ひとりじゃ広すぎるよ』

了は数日前からひと足先にマンションを移り、部屋を整えてくれているのだ。この週末に私と恵が引っ越す頃には、完璧に住める状態になっている。

「ちなみに聞くけど、この写真の場所は、この子のマンション？」

急に話を戻したせいか、了が沈黙した。

『どうしたの、平気なふりして、実は内心穏やかじゃない感じ？』

「あなたがどんなポカをしたのか知っておきたいの！」

『冗談だよ。撮影に顔出したついでに送り届けたの。見切れてるけどマネージャーも一緒だよ。まさかこういう形で切り込まれると思ってなくて、油断した』

「つけられてたってことね」

『だろうね。俺を落とすにしても、この方向とはなあ……』

「そこが気になるのよね……」

私は近日中に世間の目に触れるであろう記事を眺めた。不思議なことに、了の結婚や恵の存在については触れていない。了を蹴落としたいのなら、熱愛ゴシップと一緒にそれをぶちまけてもよかったはずなのに。

「あれ……？」

ふとなにかが頭をよぎった。了が『どうしたの？』と不思議そうに言う。けれどひらめいた気がしたものは、姿もわからないうちにどこかへ消えてしまった。

「ごめん、なんでもない。じゃあ土曜にね。お昼前には恵を連れてそっちに行く」

『寝室、みんな一緒でいいよね？』

「恵の気配が気になるなら、私と恵は別の部屋で寝るけど」

『逆だよ、俺がいたら恵が嫌がるかなって』

気弱なことを言い出すから笑った。

「大丈夫だと思う。まずはやってみましょ」

『俺、めちゃくちゃ楽しみなんだよ、わかる？』

わかるわよ、と弾んだ声に同意を返し、おやすみを言って通話を終えた。

画素の粗い了の写真を、もう一度眺める。スーツ姿で、口元が少し笑っている。

ねえこの人、わりとすてきじゃない？

だれかにそう自慢したくなった。

＊　＊　＊

マノの昼休みは一斉で、十一時四十五分から一時間だ。勤務形態がバラバラなだけに、休憩の時間くらいはそろえておかないと収拾がつかないのだろう。

「伊丹さん、お昼どうする？　このあたり案内しましょうか？」

財布を振りながら誘う秋吉さんに、私は手を合わせた。

「ごめんなさい、速水社長に呼ばれてるんです。働いてみた感触を聞きたいって」

「あー、そういえば私たちもここに来たとき、そうだったわ」

がんばってねー、と激励の言葉をもらい、社長室に向かう。ノックをし、ドアを開けた先に、予想もしなかったものを見つけた。

「あ、来た来た。お疲れ、早織」

速水社長と向かいあって、応接用のソファでくつろいでいたのは了だった。入っていった私を手招きし、隣に座らせる。私は社長に会釈で断り、腰を下ろした。

「ここでなにしてるのよ」

「言ってもグループ会社だからね、定期的に訪問してるよ」

「奥さまの様子が気になって仕方なかったみたいよ。できることがあるわけでもないくせに、なにしにいらしたのかしらね、ほんと」

速水社長が辛辣《しんらつ》な冷やかしを入れると、了の耳が赤く染まった。なるほど二代前の社長との関係は、こういう感じなのか。

私は社長の手元に目を留めた。派手な色のフォントが躍る、薄い雑誌を開いている。

「その記事、もう出たんですね」

「狭間さんが持ってきてくださったの。こういう雑誌が頑として紙や印刷の質を上げないのは、そのほうが都合がいいからだというのがよくわかるわね」

私と了は同時に「同感です」とため息をついた。了が続ける。

「Selfishさんの編集部へもお詫びに行ってきたところです。とくに影響はないと言ってはもらえたんですが」

「新しい専属モデルが、事務所の社長の寵愛《ちょうあい》を受けてるなんて、あちらさんにとってみたらステータスなんじゃない?」

速水社長の鋭くも楽天的なコメントに、了はなにも言わず肩をすくめた。私はまた、なにかが頭をよぎるのを感じた。

「あっ……」

思わず声が漏れ、ふたりがこちらを見る。私は今度こそひらめきを逃がさないよう、慎重に頭の中を探った。

「そうだ、目的だ」

「え?」

了が聞き返す。私は目の前の、どことも言えない空間をにらみつけたまま答えた。

「ちょっと妙だと思ったの。この記事が出たことで、了にどれほどのダメージがあるんだろうって。実際、インターナショナルの事業にマイナスはある?」

「なくはないけど、痛手というほどでもないよ。俺が迂闊《うかつ》な社長だって恥かいたくらい。もっと生々しい内容ならモデルのイメージ毀損《きそん》になっただろうけど、スポンサーの反応を見る限り、それも免れてる」

「そこなのよ。犯人はなにをしたかったのかしら。やり口が変にまじめというか、一線を越えないようにしてる感じがするの」

「記事を出させる力があると、思い知らせたかったのでは？」

速水社長が指を立てて推理を述べる。私はうなずいた。

「それもあり得ます。実際こちらは、警戒心が強まりましたしね」

だけど、ほかの可能性もある――……と考えたとき、了の胸ポケットで携帯が震えた。「失礼」と断り、了が取り出して開く。

「狭間です。はい……え？」

彼はなぜか、眉をひそめて私に視線をよこした。ちょいちょいと人差し指で招き寄せられ、私も携帯に耳を寄せる。事務所のアシスタントらしき、若い女性の事務的な声が聞こえた。

「うん、わかった。つないで」

了がボタンを押すと、ツツ、という電子音がし、通話相手が変わった気配を感じた。

「僕です、狭間です」

抑えた声で、了が応答する。私は速水社長が興味津々に見守る前で、ぐいと携帯に耳を近づけた。

『記事をご覧になったか確かめたくて、お電話いたしました』

女性の声だ。息をのむ私の隣で、了は冷静に「ええ、見ました」と答えた。

「どちらさまか、お聞きしても？」

『申し訳ありませんが、今は控えます』

「こういうことは、これきりで終わりにしていただけると思っていいでしょうか」

電話の相手は『どうでしょう』と困ったように笑った。話しかたと声の調子からして、私と同世代か少し下くらい。なんとなく育ちのよさそうな印象を受ける。

眉間にしわを寄せ、慎重に言葉を選ぶ了は、たぶん電話の主の心当たりを必死に探っている。もしかしたら私も知る人だったりしないかと、一緒になって考えた。

「こんなことを続けても、僕はあなたの思いどおりにはなりませんよ」

『あなたはそうだろうと思います』

……ん？　気になる物言いだった。了も眉をひそめている。

またもや、頭の中をなにかがさっと横切るのを感じた。そして今度こそつかまえた。

口を開きかけた了の腕をつかみ、耳打ちする。

「私か Selfish の名前を出してみて」

了は目を丸くしたものの、すぐにうなずき、ちょっと考え込む間に携帯をスピーカー設定にしてテーブルに置いた。

「この件では Selfish さんにもご迷惑をかけている。あそこはお得意さまというだけでなく、僕にとって特別な媒体です。あなたの目的は僕ではないんですか？」

うまい。速水社長も見守る中、反応を待った。聞こえてきた声は、それまでよりわずかに低く、感情が出てしまうのを抑えているような感じだった。

『やっぱり、子どもの母親のことが気になります？』

釣れた、と私はぐっと手を握りしめた。この女性の狙いがわかった気がする。それから、私との関係も。

私は了に、私が話してもいいか身振り手振りで伝えた。驚いた顔を見せたものの、了はこくりとうなずく。私は携帯に向かって話しかけた。

「伊丹です、どうも」

さらに釣られてくれますように、と祈る。成果はすぐに出た。

『……あなたもいたの』

やった！　もう水面に顔を出したも同然だ。

「いたら悪い？」

『まだ了さんにまとわりついてるのね。女の恥さらしが』

ふむ。恥さらしというのがなにを指しているのか、わからないでもないが、向こうに語らせてみることにしよう。

「私は少なくとも、あなたみたいに意図的に人の名誉を傷つけたりしてないけれど」

『未婚で子どもを産むような女に、潔癖ぶったこと言われたくないわ』

やっぱりそこか。「おい……！」と反論しかけた了を押しのけた。

「なにに噛みつきたいのか知らないけど、そうやってマウンティングしてる限り、幸せは来ないわよ。マウントってね、相手に馬乗りになってるだけで、あなた自身は前にも上にも進んでないの。想像してみなさい」

『偉そうに……！』

憎々しげに吐き捨てて、相手は通話を切った。ふうっと息をつき、背もたれに身体を沈める。了が私の手を優しく叩いた。

「すごいな。かっこよかったよ」

「これでも長年、女の世界でやってきたもの」

「伊丹さんと面識のある方だったというわけなの？」

目を丸くしている速水社長に、私は首を振った。

「そこまで確証は持てなかったので……ハッタリというか、カマをかけたら向こうがかかったんです」

「あれ、ハッタリだったのか！」

今度は了にうなずいてみせた。

「なんでカマをかけようと思ったんだ。なにか気づいた？」

「あの人の狙いがわかったの。あなたに反省を促したかったのもあるだろうけど、それよりも私に、あなたと別れたくなるよう仕向けたかったんだと思う」

「早織に？」

「というか、あなたが結婚しようとしてる相手にね」

なるほどね、と速水社長が腕を組む。

「婚約発表もしていない狭間さんと伊丹さんの関係を知ってる人はそんなにいない。そこにきて、すっぱ抜きの相手がSelfishの専属モデル……」

「もしかしたら、最初から私を知っていただれかである可能性が高いと思って。というより、Selfishの関係者である可能性が」

試したら、あたったというわけだ。あとは、〝だれ〟であるかを突き止めるだけだ。そうしたら自然と〝なぜ〟も解明されるだろう。

「女が男の結婚を止めたい理由なんて、恨みか嫉妬しかないと思うけど。心当たりはないの、了？　だれかをひどく振ったとか？」

了は心外そうに、「そんなことしてないよ」と小さな声で言った。まあいい。本人に心当たりがないからこそ、向こうはここまでしたくなるんだろうし。

〝だれ〟については……、私は指先で自分の頭を叩いた。記憶の隅に、引っかかるなにかがある。きちんとしていながら世間知らずな印象を受けるあの話しかた、自分を信じて疑わない押しの強さ……。

考え込んでいたら、速水社長が大げさなジェスチャーで首を振った。

「狭間さん、あなた、大変な方と一緒になるつもりよ、わかってらっしゃる？」

「僕は不甲斐ない男ですから。このくらい頼もしい妻じゃないとね」

堂々と言い切る了の靴を、私はカーペットの上で蹴飛ばした。


昼食は、了が差し入れてくれた輸入チーズショップのクロワッサンサンドを、残りの時間で詰め込むことになった。社長室を辞去して会議室に場所を移す。私が黙々とお腹を満たしている間、了はにこにこしながら見守っていた。

彼はわざわざ別のお店で、熱いコーヒーも買ってきていた。ふたりでそれを飲んで、ようやく人心地がつく。

「ありがとう、ごちそうさま。おいしかった」

「午後もがんばって。早織の働きぶりは、もう百合さんの耳に入ってるって」

「ここ、すてきな会社ね。貢献したくなる」

会議机用のチェアにゆったり腰かけた了がにっこり笑った。

「伝えておくよ。早織は猫タイプなんだな」

「猫タイプ？」

「俺が考えた、働く上での帰属意識の分類。〝家〟である組織自体につくタイプと、上司とか先輩に惚れ込んで、その個人のために力を尽くすタイプ。前者が猫」

「後者が犬、と。なるほどね」

とてもよくわかる。それでいくとたしかに私は、中の人が入れ替わろうと組織自体の門番をしたくなる、猫タイプだ。

「俺の統計では、女性は犬タイプが多いんだけどね」

「女らしくなくてごめんなさいね」

「そんなこと言ってないよ。男らしいって言ったんだ。おっと」

さっと上着を持って立ち上がり、「変わらないでしょ」と叩こうとした私の手を上手にかわす。その流れで鞄を拾い上げ、「全然違うよ」と口の端を上げた。

「女らしさと男らしさは両立するからね。定義の是非は置いといて」

「会社に戻るの？」

「いや、お得意さまをいくつか回る」

「気をつけて」

「うん」

人目につかない範囲で見送ろうとドアまで一緒に移動したところで、了が足を止め、振り返った。なにを考えているかすぐにわかった。もう目つきが甘えている。

どうぞ、と見上げると、じつに素直なキスが来た。

両手が塞がっていた了は、一度唇を離すと、上着と鞄をまとめて片手に持ち、あいた手で私の指先を握る。そしてまた唇を重ねた。場所柄、音も立てないよう、おとなしく、だけどじっくり優しく、〝もっと一緒にいたいよ〟と伝えてくるキス。

「職場でごめんね。恵がいると、あんまりできないからさ……」

「したっていいんじゃない？」

「教育に悪くない？　保育園で、ほかの子にしたりしたらさあ……」

きまじめだ。まあ私も、恵の目の前でわざわざしようとは思わないけれど。

「そんなこと言ってたら、家でなにもできないじゃない」

「そりゃ、その、この間みたいに、恵が寝たあととかなら、いろいろ、あの」

なにを想像しているのか、顔を赤らめ、しどろもどろになる。私は「冗談よ」と背中を叩いてドアを開けようとした。「そうだ」と了の声がそれを押しとどめた。

「どうしたの？」

「今日、Selfish の編集部に行ったって言ったろ。編集長に挨拶をって言ったんだけど、神野さんが出てこなかったんだよ」

「眞紀が？　たまたま不在だったんじゃなく？」

了が首を横に振る。

「別の女性が出てきて、自分が編集長だって名乗った」

「そんなバカな！　編集長交代っていったら一大イベントよ。プレスリリースも出さずに行われるわけがない」

「俺もそう思って、交代されたんですかって念を押したんだ。〝今は代理です〟だってさ。ちょっとわけがありそうだったよ。訪ねていった理由が理由だから、深くは突っ込めなかったけど」

そうよね、と上の空で相槌《あいづち》を打った。〝今は代理〟？　交代準備かなにか？　それにしたって、了のような取引先に事前に連絡がいかないのはおかしい。

自分の顔が険しくゆがんでいくのがわかる。了の手が肩にのせられ、びくっとした。申し訳なさそうな顔で、彼が私を見下ろしていた。

「ごめん、そんなに動揺させるつもりじゃなかった」

「あ……私こそごめんなさい。べつにもう、関係ないことなのにね」

「あるよ。古巣だろ」

古巣だからこそ、勝手に身内気分になってはいけないの。反省も込めて自嘲《じちょう》すると、了が優しく私の頭をなでた。

「猫タイプは、家から引き剥《は》がされたときの傷が大きいんだ」

それから額に顔を寄せ、そっと唇を押しあてる。

「新しい家が見つかってよかったね」

いつまで猫扱いする気よ、と振りほどく前に、了は私から離れ、ドアを開け廊下に出ていた。バイバイ、と手を振って、エントランスのほうへ歩いていく。

私も席に戻らなくては。ゴミを片づけ、机を拭くうち、動揺がぶり返してきた。

了のもたらした情報は衝撃だった。Selfish でなにかが起こっている。眞紀はなにをしているんだろう、無事なんだろうか。

私のこの気持ちは、ただの好奇心？

それとも昔の家への思慕からくるものなんだろうか。

＊＊＊

　土曜日、恵は真新しいマンションの、広くて明るい玄関に呆然と佇《たたず》んでいた。迎えに出てきた了を見て、小さな声で「おかえりー」とつぶやく。

「おかえりじゃないよ、恵が帰ってきたんだから、ただいまだよ」

　律儀に了が訂正するが、ただでさえそのふたつを逆におぼえているところに加え、はじめて新居にやってきたという状況を思えば、恵に理解するのは無理だろう。

　長袖のTシャツにデニムというくつろいだ姿の了が、恵を、彼女が抱えていたうさぎのぬいぐるみごと抱き上げた。

「この子、どうしたの？　お友達？」

「ののちゃん」

「ののちゃん？」と了が首をひねる。

「少し前にまこちゃんがくれたの。引っ越し前とあとの環境をつなぐものが、ひとつあったほうが子どももなじみやすいからって」

　廊下に上がりながら教えた。なるほどー、と了は恵を抱えて廊下を歩きはじめる。

「探検してみる？」

「みる」

私は恵を了に任せ、別途、それぞれの部屋や当座の消耗品などを確認することにした。引っ越し前に一度来ようと思っていたのだけれど、時間がとれなかったのだ。

たっぷりした3ＬＤＫ。部屋数は十分で、掃除が憂鬱になるほど広すぎない。玄関を上がると正面に廊下が伸びていて、突きあたりがリビングだ。

アイランドタイプのキッチンは調理台もシンクもぴかぴかに輝いている。奥には大きな冷蔵庫。中はヨーグルトや牛乳、バターなど、了が数日間暮らした形跡が点在しているだけだった。あとで買い出しに行こう。

リビングの続き部屋を恵の遊ぶスペースにした。前のアパートの構造を引き継いだ形だ。私はダイニングテーブルでＰＣを使いながら、恵の様子も観察できる。敷き詰めた防音マットの上に、カラフルなプレイマットが敷かれている。新品だけれど、一度洗ってあるのがわかり、了に感謝した。

アパートの家具はすべて処分した。お気に入りのおもちゃは引っ越し荷物に入れたからこのあと届く。いずれ子ども用の収納家具をここに置こう。それまでは布バケツでいい。

幼児対策も万全だ。角という角に透明なクッション材が張られ、さわらせたくないものは届かない高さにしまわれている。恵も〝ダメ〟がわかる年齢になったから、入ってはいけない場所をきちんと教えれば、柵を設置するほどの対策は必要ない。

よし、と満足したところに、別の部屋から恵の歓声が聞こえてきた。

廊下に戻り、右手のドアを開ける。寝室だ。アイボリーのカーペットを敷いた明るい雰囲気の部屋では、大きなマットレスの上で恵が転がっていた。興奮のあまり肌着ごと服がまくれ上がり、お腹が丸出しだ。

端に腰かけて見守っていた了が、私に気づいて笑った。

「ベッドにしなくて正解だったね。落ちても平気だし」

言っているそばから、恵が二十センチほどの段差を勢いよく転げ落ち、泣きもせずまた戻ってきた。落ちた音も響かなかった。すばらしい。

「私、買い出しに行ってくる。恵を任せていい？」

「三人で行ってもいいよ？」

「ひとりでゆっくり散策したいの」

それが母親の言葉かと責められても仕方ないような台詞だ。だけど了は笑顔で「ゆっくりしといで」と手を振った。私は家のキーを手に、玄関を出た。

一時間も室内にいなかったのに、外はもう西日が染めていた。きれいなラウンジのあるエントランスロビーを抜け、ガラス扉の外へ出る。マンション群の敷地内は芝や木々が植えられ、都会のオアシスといった風情だ。小道をベビーカーを押した夫婦が歩いている。子持ち層も多いのだ。

一般道へ出て、大きなスーパーマーケットのあるほうへ足を向けた。履き慣れたスリッポンが妙に軽く感じ、ぐいぐいと私を前へ進ませてくれる。

久しぶりに仕事以外で恵から離れ、ひとりきりで街へ出た。子どもの外出用品を詰めたバッグもいらない。念のためのタオルもウェットティッシュも持たなくていい。財布と携帯と鍵をジーンズのポケットに突っ込んできただけの身軽さ。

まこちゃんに恵を預け、用を足しにさっと外出することはあった。だけどそれはあくまで非常時だ。どんなにまこちゃんが『ゆっくりしてきていいよ』と言ってくれても、一刻も早く帰ることが義務で、ひとりの時間を楽しんだら罪だと思っていた。

なぜ了には甘えられるんだろう。

きっと彼がまごうかたなき〝家族〟だからだ。かつ彼が、まこちゃんと同じように、安心して恵を任せられるだけの慎重さや知識や愛情を持っているからだ。これは本当にありがたい。どんなに信頼している相手であろうと、子どもを預けられるか否かはまったく別の話だ。

心地いい風が前髪を浮かせる。背中に翼が生えたような気がした。

はじめてだ。なんの罪悪感もない、ひとりの時間。

深呼吸すると、いくらでも息が吸い込める。普段、身体がこわばっている証拠だ。

今日からこの街で、三人の暮らしがはじまる。

つかの間の自由を楽しみたい気持ちはあれど、興奮状態の恵を見ているのも大変だろうから、よけいな時間を使う気はない。大きなスーパーに入り、手早く買い物を済ませて帰ろうとカートにかごをのせた。

調味料、今日の夕食の材料、明日の朝食の材料、最低限の日用品。恵に幼児用のパック飲料を買っておこうと思い、ベビーフードのコーナーに行った。あとでドラッグストアのフロアにも行くべきか。

ちょうど目当ての棚の前に女性が立っていたので、「すみません」と声をかけて手を伸ばし、彼女の前の商品を取る。

「あ、ごめんなさい」

こちらを向いた女性に「いえ」と返そうとして、息をのんだ。向こうもこちらの顔を確認した瞬間、驚愕に目を見開き、蒼白になる。

「早織……！」

眞紀だった。

「眞紀！」

「あ……」

彼女は持っていた商品をさっと棚に戻すと、逃げるように去っていった。カートを押した状態では分が悪い。私は追いかけるのをはなからあきらめた。

そういえば眞紀の住んでいる場所は聞いたことがなかった。職場へのアクセスを考えればこの近くだとしても不思議はない。いや、そんなことより。

眞紀が戻した商品を見た。哺乳瓶の、新生児用の乳首。

やっぱり見間違いじゃない。

ゆったりしたジョーゼットのトップスに隠れた眞紀のお腹は、ふくらんでいた。

オール・ユー・ニード

眞紀との遭遇のショックが抜けきらないまま買い物を済ませ、マンションに戻った。

室内はしんと静まり返っていた。ひやっとした。子どもが静かになるのは、なにかあったときだ。物音が消えると警戒アンテナが立つくせがついてしまった。

荷物をダイニングに置き、各部屋を見ていく。

「あらら……」

ふたりは寝室で寝ていた。マットレスの上で遊んでいて、そのまま眠ってしまったらしく、あっちこっちを向いて転がっている。

恵のお腹にタオルが巻きついている。了がやったんだろう。お腹を冷やさないためとはいえ、見栄えを気にしないのがいかにも男性らしくて笑った。

洗面所から新しいタオルを取ってきて、汗をかきやすい恵の頭の下に敷いた。蹴飛ばされて床に落ちていたタオルケットを拾い上げ、了の身体にかける。その拍子に、彼がごろんと仰向けに寝返りを打ったので、起こしてしまったかと顔をのぞき込んだら、変わらずぐっすり眠っていた。

あまり見る機会のなかった、了の寝顔。はじめてホテルで夜を過ごした日も、了は私の前では寝なかったし、あの日まではお互いの部屋に泊まることもなかった。ごくたまに、ソファや車の中でうとうとしているのを見かけたことがあるくらいだ。

眠っていてさえ、整った顔立ちは涼やかだ。

無防備に隙間のあいた唇、力の抜けきった眉と目元。安らかに上下する胸。やり手芸能事務所の社長とはとても思えないあどけなさに、笑いが漏れた。

「お疲れさま、パパ」

髪をなで、頬にそっとキスをする。ふいに了の呼吸のリズムが変わった気がして、これは目を覚ますと思い、急いで身体を起こそうとした。その前に手が伸びてきた。やみくもにこちらを探る手が、私の腰を見つけ無造作に引っ張った。了の上にまともに倒れ込みそうになったのを避けようとして、カーペットにひざを打つ。

痛みに声をあげる間もなく、抱きしめられた。強烈な力に肺から息が出ていく。

「了……」

聞こえてきたのは、すうすうと規則正しい寝息。私を抱えたまま、了が再び寝返りを打つ。抱き枕みたいに手足を私に絡めてくるので、羽交い絞めにされているような状態になった。苦しい。

「ちょっと、了」

具合がいいのか、了はその体勢で落ち着いてしまった。どうがんばっても、了の匂いを胸いっぱいに吸い込むはめになる。動悸が激しくなってくる。自分より大きなだれかの体温をこんな近くに感じることなんて、しばらくなかった。

がっちり拘束されたまま、逃げるタイミングを探しているうち、了の右手が私の身体の上を動きはじめた。あきらかになにかを探している動きだ。ぎくっとした。案の定、手はブラウスの裾からもぐり込んでくる。背中を這《は》う熱い手のひらに息が止まりそうになり、はっと思い至った。

もし了が私に対して〝誠実〟だったのなら、彼もあの、ホテルでの夜が〝最後〟なのだ。女の肌に、半自動的に焦がれて当然だ。

そう考えると、置かれている状況の生々しさに気づく。お互いの身体の接している部分が、燃えるように熱くなってきた。その熱ははたして自分のものなのか、それとも了のものなのか。

「了ってば、ねえ」

身体の間に腕をねじ込んで、押しのけようと試みる。了がもごもごと、不明瞭な文句のような唸り声をあげた。そして腕の力が強まった。

どうしよう、これ……。

「ごめん、寝ちゃったよ」

Tシャツの中に手を入れ、お腹のあたりをぽりぽりかきながら了がダイニングに現れた。私はシチュー鍋のふたを開け、味見をする。

「そのようね」

「なんでそんな冷たい声出すの？」

了の眉尻が下がった。どうやら眠っていた間のことはおぼえていないらしい。

私はほっとすると同時に、こののんきな男をからかってやりたくなった。

「そんな声出してない。了が寝てる間に引っ越し荷物が届いて、開梱《かいこん》するのも収納するのもひとりでやったし、洗濯も済ませたしご覧のとおり夕食の支度もできてるけど、べつに腹を立ててもいません」

「ごめんってば。手伝うよ」

慌ててキッチンに入ってきた了に、こらえきれず噴き出してしまった。迎え撃つようにぎゅっと抱きつくと、「うわあっ⁉」と彼が変な声を出す。

「えっ、なに？　早織、ねえ、なに……？」

理解できないながらも、反射的に抱きしめ返すところがかわいい。胸につけた耳から、ドクドクとすごい速さの鼓動が聞こえる。あらら、寝ているときはあれで、意識があるときはこれか。了らしい。

寝室での一件は、寝返りを打った恵が了の背中に激突したことで彼の気がそれ、ことなきを得た。その後しばらく、了の匂いが消えてくれなくて困った。

「早織……」

「嘘。恵の相手をしててくれてありがとう。私を手伝ってくれるより、そっちのほうがずっと助かるの。ごはんにしましょ。お腹すいてる？」

「うん、だいぶすいてるけど……」

様子を探るように、怪訝《けげん》そうな目つきで見下ろしてくる。私は了から離れ、「お皿を出して」と頼んだ。

いつもなら、自分の食事より先に恵の食事とお風呂を済ます。けれど寝室をのぞいたところぐっすりだったので、今日はこのまま寝かせておくことにした。

「このお皿、一緒に買ったんだよね」

大きな四人掛けのダイニングテーブルに食事をセットし、向かいあって座った。サラダとシチューとバゲット。手の込んだものではないけれど、引っ越し初日のディナーとしては合格だろう。

了が言ったのは、モダンな柄の入ったスープボウルのことだ。昔、ふとふたりで立ち寄った店で見つけ、ふたりとも気に入り、それぞれ色違いを買った。使ったのは久しぶりだ。アパート生活では、恵が落として割ったりしないよう、陶磁器やガラス製の食器はしまい込んだままだった。

「まさかふたつが合流する日が来るなんてね」

「俺は来ると思ってたよ」

バゲットをスープに浸しながら、しれっと言う。意味ありげな微笑と一瞥をもらい、私は「あらそう」となんでもないふりを装いつつ、耳が熱くなってくるのを感じた。

テレビの音も音楽も流れていない、静かな時間。大人ふたりで、ゆっくりとる食事。なんて贅沢なんだろう。

「恵の名前、どういう意味を込めたの」

了がふいに尋ねた。私は破裂しそうに大きくなったお腹にふうふう言いながら、まこちゃんと頭を悩ませた日々を思い出した。

「そのままよ。人に多くを恵むことのできる人になりますようにって」

「恵まれるんじゃなくて？」

「それも込めたけど。メインは恵むほう。そのほうが心が豊かになるでしょ」

シチューは野菜も鶏肉もほろりと柔らかく、いい出来だ。恵のぶんもとっておこう。了もおいしそうに食べている。彼がスプーンを手に、にこっと微笑んだ。

「いい名前だね」

「まこちゃんも知らない裏話を教えてあげようか」

「知りたい、なに？」

涼しげな瞳が興味に輝く。私は反応を見逃さないよう見つめ返した。

「漢字一文字にしたのは、了とそろえたかったからなの」

慌ててティッシュに手を伸ばすはめになった。「泣かないでよ」と了の目元を拭う。

「泣いてないよ」と涙声で反論がきた。

「感動して、後悔してるだけ。なんでもっとがんばらなかったかなあ、俺……」

「くよくよしないでよ。十分がんばってくれたから」

「生まれたての恵とか、大きなお腹とか見たかった……」

「そんな時期は地獄のように忙しくて疲労困憊《こんぱい》で、私だって記憶なんかないわよ。写真はたっぷり見せたでしょ」

「見たけど、恵の写真ばっかり。なんで早織のがないの？」

「自撮りの趣味なんかないし、産前産後なんて間違っても記録に残したくないようなクオリティだからです。三キロの生命体を体内で育ててるのよ、こっちは全部吸い取られてボロボロよ」

妊娠中の女性が幸せいっぱいだという世間のイメージはいったいなんなのか。初期はお腹を守るのに神経をすり減らし、臨月になれば横になっても縦になっても身体は休まらない。常に内臓を圧迫され、なにかを呪いたくなる日々だというのに。

了は「それでも見たかったよ」とふくれる。まあ、その気持ちもわかる。

「了、じつは泣き虫だったの?」

「子どもって尊くて泣けるよ。今日も恵が夢中で遊んでるのを見てただけで泣きそうになった」

「おじさんよ、それ」

「おじさんだよ、もう三十二だよ」

すんと鼻をすすり、了が赤くなった目をこすった。

「入籍したら、恵とお風呂に入るんだ」

「今だって入っていいって言ってるのに」

頑なに首を横に振る。籍を入れるまでは他人。他人の男と娘が一緒のお風呂に入るなんて許せるか、ということらしい。目線が混乱している。

　おむつですら、替えたくてたまらないくせに『けじめだから』と手をつけようとしなかったのを、『保育園の先生にも男性はいるからおかしくない』という私の説得で、ようやく自分に許した徹底ぶりだった。

「入籍といえば、例の、電話をしてきた女性の話なんだけど」

「今、Selfish関係者って情報と一緒に、弁護士経由で調査会社に依頼を投げたよ。名誉棄損で訴えられても仕方ないレベルのことをしてくれたわけだし」

「さすがね。私のほうでも、もしかしたらって思う人がいるの。明日確認してみる」

　了がじっと私を見つめる。

「……危ないことはしないでね」

「了も言ったでしょ、危ないのは向こうよ、訴えられても仕方ないことをしたんだから。それとね、さっき行ったスーパーで眞紀に会ったの。このへんに住んでるみたい」

「神野さんに⁉　すごい偶然だね、なにか話した？」

　私は「ううん」と首を振った。

「私の顔を見て、すぐに行っちゃったの。お腹に子どもがいるように見えた。たぶん六カ月とか七カ月とか、そのくらい」

へえ、と了が驚きの声をあげる。

「それが編集長を辞めた理由なのかな？」

「わからない、でも……」

唇を噛んだ。眞紀の顔を見たときに抱いた違和感と、不安。

「幸せそうじゃなかった」

いつでも自信に満ちた人だった。仕事が好きで、家庭的には見えないわりに旦那さんとは円満で、スーパーキャリアウーマンを地で行くのが眞紀だったのに。

「連絡はとれないの？」

「それができる関係だったら、私も会社を去らずに済んでたかもね」

自嘲した私に、了が「ごめん」と硬い声を出した。私は慌てて「ううん」と微妙な空気を振り払った。

「私こそごめん、言いかたがまずかった」

「神野さんも、不本意な形でポジションを追われたんじゃないといいけど」

「そこよね、私も気がかりで……」

恵の泣き声が聞こえ、ふたりともはっとした。目が覚めて、見慣れない景色にびっくりしたんだろう。腰を上げた私を、先に立ち上がった了が手で制した。

「俺、あやしておくよ。早織はゆっくり食べてて」

「いいわよ、私がやる。どうせ今夜は眠れるなんて思ってなかったもの」

保育園でも最初の数カ月、昼寝をしなかった頑固な恵だ。新居でいきなり熟睡できるなんて期待はしていなかった。

子連れの当然の心構えとしてそう言うと、了はショックを受けたような顔で言葉を失い、それから私の肩に手を置いた。

「もうひとりじゃないんだよ、忘れないで」

はっとして彼を見上げた。困ったような、悲しんでいるような微笑みが見返す。

彼の手の温度が、全身を温めてくれる気がした。

＊＊＊

「おはようございまーす、『ユアライフ』の真琴でーす」

翌朝、約束していた七時半にまこちゃんがやってきたときは、私も了も一睡もしておらず、くたくただった。

「おはようございます、真琴さん、よろしくお願いします」

了はもうシャワーも浴びて身づくろいを整えている。しかし顔に刻まれた疲労は隠せず、それでいてどことなく満足そうだ。

私は出勤する了を見送るのと同時に、玄関でまこちゃんを迎えた。

「恵、今眠ったばかりなの。当分起きないかも」

「ありゃ。じゃあ楽させてもらっちゃうから、作り置きおかずでも作っておくよ。了さん、行ってらっしゃーい」

まこちゃんの装いはシンプルだ。アイメイクはばっちりしているものの、リップは控えめ、つややかな髪はうしろで束ね、白いシャツにデニム。そうすると中性的な雰囲気が増し、きょうだいながらなんとも不思議な魅力だ。

近場の保育園が満員だったため、空きが出るまでまこちゃんには、週五日でシッターをお願いすることにした。入園してからも送迎でかなりお世話になる予定だ。

出ていった了と入れ替わりに、まこちゃんが上がってくる。

「恵、寝なかった？」

「そりゃもう。了もずっとつきあってくれたの」

「いい旦那さんだねえ。さあ、さおちゃんも出る支度しちゃって。買っておくものがあればメモを残してってね」

「ありがとう」

私はお言葉に甘え、バスルームへ向かった。

いいお父さんでなく、〝いい旦那さん〟か。そのとおりだ。ひと晩中一緒に起きていてくれたことで、救われたのは恵よりも、私のほうだ。

『こういうこと、多いの？』

『そうでもない、これまでに数回かな。でも先生が変わったり新しいお友達が入園したりすると、決まって眠らなくなるの』

『〝家〟に変化があるのが嫌なんだな。早織に似て、猫タイプかも』

『それ、仕事上の話でしょ？』

眠気でぼんやりした頭で、意味のあるようなないような会話をぽつぽつ交わす。恵は『ねんねしない！』と意地を張り、睡魔に負けてうとうとしてはそのことで癇癪を起こして泣きわめいた。

『周りの迷惑を気にしなくていいだけで天国だわ。前はこうなったら、家の中にはいられなかった』

『環境によって、しなくていい苦労を強いられるのは、気の毒だね』

了は思案げに顔を曇らせた。母ひとり子ひとりの家庭で、こんなマンションに住めるほうが例外的だろう。経済的余裕がないことは、あらゆる方面へマイナスの影響を及ぼす。負のスパイラルだ。

私は眠っている恵をまこちゃんに任せ、服を脱ぎ捨ててバスルームへ入った。築一年に満たないマンションなので、どこもかしこも新品同然で気持ちいい。先の住人は転勤で海外に移住が決まり、買い手を探していたらしい。

まこちゃんが名乗った『ユアライフ』というのは屋号だ。シッターとして契約が決まってすぐ、まこちゃんは『賢く節税しないとねー』と個人事業主として開業届を出した。さすがの決断力と行動力だ。

キッズやベビーという単語を入れなかったのもまこちゃんらしい。

『子どものお世話をしに行くんじゃないんだ。私はお父さんとお母さんを助けに行くんだよ』

そのポリシーを聞いたとき、了はなにかを感じたようだ。いずれ法人化する手伝いをしたいとかなんとか、あとでぶつぶつ言っていた。

シャワーを済ませ、身体を拭き、髪を乾かす。ばっさり切ってもいいかもしれない、とドライヤーを使いながらふと思った。時間に追われて子育てをする中で、短いほうが絶対に楽だとわかっていながら、それをしてしまったら重大ななにかをあきらめたことになりそうで、あえて結べる長さをキープしてきた。
思わず鏡の中の自分と見つめあう。耳の下くらいのボブとか、人生で最短といって
いい長さにするのもありなんじゃない？
不思議なもので、どこかが満たされると、意地で握りしめていたなにかを手放すこ
とに躊躇《ちゅうちょ》がなくなる。
脳裏に浮かんだのは、眞紀の姿。
ウエストをマークするのが好きな眞紀にしては珍しい、すとんとしたトップス。バ
ランスをとるためのスキニーなボトム。そして足元は、一緒に仕事をしていた時代と
同じ、八センチヒールのパンプスを履いていた。
〝幸せそうじゃない〟と感じたのは、そこだ。妊娠している事実に抗おうとしてい
るように、私には見えた。
『お電話ありがとうございます。Selfish代表窓口でございます』
「お世話になっております、ソレイユ・インターナショナルの狭間と申します」
微妙な嘘に気が咎《とが》め、苗字に関しては、いずれ事実になるはずですからと心の中で
平伏した。さすがに伊丹の名前は出せない。

電話の相手は不審に思う様子もなく、私が指名した経理課の女性につないでくれた。経理の昼休みは十二時ちょうどから。マノの昼休みとの時間のずれがうまく使えた。会社近くのカフェのテラス席で、コーヒーとサンドイッチとメモ帳を前に携帯を握る。ずっと引っかかっていたものの正体が、ついにわかったのだ。

数分後、私は今度はジョージさんの番号を呼び出していた。

『ソレイユ・スタッフィング？　もちろん顔が利きますよ。ホールディングス化する前から、一番密接な関係にある子会社でしたから』

「よかった！　あのね、個人情報を教えてほしいとは言わないんだけど、いい手がないかお知恵を拝借したくて」

私はひとつ前の電話で得た情報を彼に伝えた。

電話した相手は経理課の女性だ。私が新人時代、部の会計業務を請け負っていたときお世話になった。副編をしていたときも、産休に入るときも、変わらず気にかけてくれていた大先輩だ。私の凋落《ちょうらく》が耳に入っていないはずはないだろうに、電話の相手が私だとわかると、『どうしてるか気になってたの』と喜んでくれた。

聞きたかったのは、以前編集部で三カ月ほど庶務を勤めた、派遣の女性のことだった。私が妊娠し、産休に入るまでの間の話だ。そんなに人の出入りが激しくない編集部だし、その女性は非常に印象深かったから、なにか情報が出てくると期待はしていた。そしてまさしく彼女は記憶していた。

『おぼえてるわよ！　あの好戦的なお嬢さま！　あの子がいる間、飽きなかったわー。あれ、たしか伊丹ちゃんのことを、妙に敵対視してたんじゃなかった？』

まさしくそれなのだ。そのおかげで思い出すことができた。

彼女はその好戦的な女性の名前だけでなく、派遣会社までさらりと記憶の底から引っ張り上げてくれた。それがソレイユ・スタッフィングだ。すべてはソレイユにつながっている。本当に大手さまさまだ。

ジョージさんがふむふむと納得の声をあげる。

『舞塚祥子《まいづかしょうこ》。それが了に迷惑行為をはたらいているお嬢さんのお名前ですか』

「印象の強い人だったの。人間関係も仕事関係もめちゃくちゃにトラブルを引き起こすんだけど、そのぶん交渉を頼んだら必ずもぎ取ってきてくれた」

名前と同時に、ぼんやりとした記憶だった顔立ちもはっきりと思い出した。面長の美女で、しかし服装やメイクはちぐはぐなほど幼く、たとえばパステルカラーでふわっと開く、ひざより少し上のスカートなど、まるで女子大生のような感じだった。

『手段を選ばないトラブルメーカーか、そういう人はいますね。会社というものが向いているかどうかは別として』

「見当がついたはいいんだけど、ここからどうしたらいいか。彼女の連絡先なんて、さすがに探れないわよね」

『了の愛する女性の頼みでしたら、総力を挙げて探らせるのもやぶさかではありませんが、残念ながら探るまでもありません。舞塚ならよく知っています』

「え？」

私は温まってきた携帯を反対の手に持ち替え、コーヒーカップに手を伸ばした。

ジョージさんは持ち前の深みのある甘い声で、歌うように続けた。

『舞塚はかつてソレイユのもっとも手強いライバルだった会社です。今はだいぶ引き離し、敵とはみなしていませんが。エムズグループといえばわかるでしょう？』

「ああ……！」

新聞社を母体とし、人材業界にも手を伸ばしている、古くからある巨大グループだ。

そういえばエムズに名称変更する前は、舞塚グループと名乗っていた気がする。

『しかもですね、件《くだん》の祥子嬢は、弊社でお預かりしています』

「は？」

『見た名前だと思って、電話中に確かめさせました。まさに今、僕のいるこのソレイユ本社で、受付カウンターの中に立っています。舞塚社長から修行させてやってくれと頼まれまして。僕がじゃなく、狭間社長がですがね、もちろん』

ぽかんと口を開け、コーヒーを飲むのも忘れた。

これは、灯台下暗しと呼んで正しいのだろうか。

心の中に

「お見合い?」

ジョージさんは足早に廊下を歩きながら、「ええ」とうなずいた。

ソレイユ本社ビルの役員フロア。足を踏み入れるのははじめてだ。午後の仕事を片づけ、飛んできた。

「仲人を変えてまで何度も申し入れをする入れ込みようだったみたいです。ですが狭間からはなしのつぶて。そう考えると、マンションの写真が了宛てでなく狭間宛てだったのもうなずける」

「狭間自体にも、目にもの見せてやりたいって思いがあったのね」

「金もコネも行動力もあり、思慮深さだけが欠けているお嬢さんの考えることは怖い」

うなずきながら、彼は突きあたりの両開きのドアを開けた。中には女性がひとり、脚を組んで椅子に座っていた。

舞塚さんは変わっていなかった。くるんと巻いた髪、肌の色や骨格を無視したかわいらしいメイク。受付の制服を着ているから私服の趣味はわからないが、おそらく以前と似た感じなのではと想像できる。

　無視されるのを覚悟で「お久しぶり」と挨拶したが、やっぱり無視された。Selfishで働いていた当時からこんな感じなのだ。ほかの人には愛想がいいのに、私にはこれ。

「その態度からすると、あなたがやったのは確かみたいね？」

「偉そうな物言いしないで。先生でもあるまいし」

「私の言いかたが偉そうに聞こえるとしたら、それはあなたが卑屈だからよ」

　ピンクのアイシャドウに囲まれた目が、ぎろりと私をにらむ。

　再びドアが開いて、だれかが飛び込んできた。息を切らした了だった。室内を見回すこともせず、まっすぐ舞塚さんの前まで行く。彼女が居心地悪そうに目をそらし、椅子の上で身じろぎした。

　了は少しの間彼女を見つめ、静かに話し出した。

「何度もお断りし、お気持ちに応えられなかったことはお詫びします。だけど俺や会社を貶めるようなことをするのはやめてほしい。それは筋が違う」

「私はただ、あなたが人を侮辱したことを思い出させたかっただけです」

「想像力のないお嬢さんだねえ」

　ジョージさんがため息まじりに言い、片手を広げた。

「人の背中に悪口を書いて、『本人に伝えたかっただけ』って言ってるようなもんだよ。自分のしたことの影響も想像できないのならね……」

数歩踏み出し、了の隣に立つと、彼の肩に親しげに片腕をのせる。そして打って変わってひややかな目つきになった。

「よけいなことに首を突っ込むんじゃない。きみには人の幸せを指くわえて見てるくらいがお似合いだよ」

こちらが怯むほどの冷たい声だった。いつもにこにこしている冗談好きの顔から笑みが消えると、彫刻のような端整な顔立ちが際立つ。舞塚さんが、ぐっと唇を噛みしめたのが見えた。

私は時間も気になっていた。そろそろ帰らなければ。まこちゃんをバーの仕事に遅刻させるわけにはいかない。了もそのことを承知していたらしい。行っていいよ、というように、手ぶりで私をドアのほうへ促した。

「ごめんね、恵を頼む」

ジョージさんがにこっと微笑み、ひらひらと手を振る。

「かわいいベビーによろしく」

「ごめんなさい、私たちの話なのに」

「いえいえ。ちゃんと片をつけておきますよ。遅くならないうちにパパも帰します」

場の空気を壊さないよう、すばやく消えようとドアへ向かったときだった。

「そういうのが偉そうっていうのよ！」

舞塚さんが叫んだ。私はびっくりして足を止め、振り返った。彼女は立ち上がり、憎しみのこもった目で私を見ていた。

「こんなときに中座するのも、子どもが理由なら許される。だれもなにも言えないのをわかってて、当然のように配慮を求めるのよね。あなたたち母親は、子どもがいることで優位に立ってる自覚を持つべきだわ」

突然の攻撃に戸惑った。以前から私にはつっけんどんな態度をとる人ではあったけれど、ここまではっきりと責められたことはなかったからだ。

「……人に気を使わせる立場であることは重々承知してる」

「だったらもっと申し訳なさそうにしたら？」

「あなたを満足させるために？」

時間もないというのに、言い返さずにはいられなかった。

「私が本当はこういうことを自分で解決したがる人間で、今だって見届けたいと思ってることを、このふたりは知ってる。任せて申し訳ないと思ってることも知ってる。

だからお互いに『ごめん』と言ったの。帰りたいから帰るんじゃない。帰らなくちゃいけないから帰るの。あなたの言う優位ってこれ？」

「今度は被害者アピールね」

「私に配慮なんてこれっぽっちもしてないあなたから、申し訳なさそうにしろと言われる筋合いはない。どっちが偉そうなのか、自分を振り返ってみて」

ダメだ、本当に時間切れだ。私は了たちの反応を見るひますらなく、急いで会議室を出た。道中でまこちゃんに連絡をして、自分の支度を優先してと伝えなくては。

絶望的にのんびりしているエレベーターをイライラと待ち、自分の気が立っていることに気づいて、深呼吸をした。

——当然のように配慮を求めるのよね。

そう思うのはわかる。だけど違う。〝当然の配慮〟を求めているわけじゃない。親というのはどれだけ自分たちで努力し、あがいたところで、社会の容認なしには暮らせない立場なのだ。どうか許してほしい、見逃してほしいと日々身体を縮めている。

これが被害者アピールであるなら、そう言われるのを受け入れるしかないんだろう。

「ごめんね、まこちゃん、間に合う？」

「大丈夫！　今日は職場でメイクするわー！」

私が家に帰るのと同時に、まこちゃんは飛び出していった。が、私の横を通りすぎてから、うしろ向きに戻ってくる。

「なにかあったの、顔が暗いよ」

子どもの面倒を見ていると、とにかく手を洗う回数が増える。一日そうしていたのであろう、ひんやりした手が私の頬を優しくなでた。

昔から、この手が私の親代わりだった。

「……あったんだけど、今は大丈夫。それより急いで」

「了くんに聞いてもらえる話？」

「うん」

「恵の記録はつけておいたから、見ておいて！」

今度こそまこちゃんは出ていった。

リビングで恵が折り紙をびりびりにしている以外は、家の中はきれいに掃除されている。冷蔵庫には保存容器が整然と並び、今日明日は困らなそうな量のおかずが詰まっていた。

了と、本当に今の契約で適正な待遇なのか相談しないと。

食べたものや排せつの回数、昼寝の時間などの保育記録は、サーバ上で管理することにした。了がフォームを作り、三人でシェアしている。ソファに座り、ラグの上で無心に折り紙をやぶる恵のうしろ頭を見ながら、携帯でそれを確認した。今日の恵の様子が手に取るようにわかる、無駄なく明快な記録だった。

私は知っている。まこちゃんは保育の知識とはべつに、そうしたほうが相手が助かるという理由だけで自分の労力を差し出せる、根本的な親切心を持っている。だから接客業で愛されるのだ。

だけどその才能を活かす場を与えられなかった。ただポリシーや好きなものが、大多数の人と同じでないというだけで。

——申し訳なさそうにしたら?

ため息が漏れた。

『あるよー。バスに乗ってたら、私が男だって気づいたおじさんが、違うバスに乗れって怒り出したこともあったよ』

まだ恵がお腹にいた頃、まこちゃんがふと語ったことがあった。私は腹が立った。

『それはもう、思想の狭さ以前に、人柄が悪すぎる。他人にそんな命令をする権利なんてないじゃない』

『でもねー、実際そういう人はいるんだよ。自分がこんなだから、長年考えてきたんだけど、たぶんね、〝異端が許容されている世界が許せない〟んだよね』

うーん、と難しい顔で、まこちゃんは言葉を選んでいた。異端を許せないのじゃなく、異端が許されていることが許せない……。

『どうして許せないの？』

『自分が損をしてる気分になるんじゃないかな。今の時代、〝普通〟に生きてるだけでなにかとストレスじゃない？　そのストレスが報われてないのに、異端がのうのうと暮らしてたら、おもしろくないんだと思う』

私はちょうど、だれが見ても妊娠中であるとわかる時期にさしかかっていて、公共の場でどう振る舞うべきか頭を悩ませていた。電車に乗るな、席を譲られたらスマホをいじるな、そもそも外出するな――見たくなくても目に入る数々の見解に、私が直接言われたわけでもないのに疲れて果てていた。

損をしている気分。

わかる。実際にはしていないのに、そう感じることはある。決まって自分に余裕がないとき。嫌なことがあったとき。満たされていないときだ。

『不満はあるけど、なにと戦えばいいのかわからないから、手近なところに理由を見つけて、その日を生き延びてるんだよ。みんな疲れてる』

まこちゃんの声は同情的でもあり、あきらめの響きにも聞こえた。

「みんな疲れてる、か……」

「おさかな」

いつの間にかお絵描きに移行していた恵が、折り紙の裏に走らせたサインペンの線を得意げに見せた。

子どもは好きに線を引いてから、なんの形に見えるかで、なにを描いたか決める。そのため結果だけ見ると、けっこう描けている。今回もちゃんと魚がいた。

「すごいすごい、おさかなだ」

「ねんねしない！」

「まだねんねしなくていいよ」

今夜の恵は天使かドラゴンか。ゆうべ徹夜だったことを思い出し、急激に眠気が襲ってきた。お絵描きセットごと恵と寝室に移動し、横になることにした。


――ただいまー、と了の声が聞こえた。気がした。

目を開けると間近に恵の寝顔がある。そうだ、結局一緒に眠ってしまったんだった。

電気もつけっぱなしだ。

私は汗で湿った恵の身体を、起こさない程度に抱きしめ、感触と匂いを楽しんでから、ふらつく足取りで廊下に出た。

ちょうど了が靴を脱いで上がってきたところだった。私を見つけ、「ただいま」と疲れた顔でにこっと微笑む。私は寝起きのふわふわした感覚に任せ、もたれかかるように抱きついた。

「お帰り」

「わ、早織、あの」

戸惑いがちな声があがった。一応抱きしめ返してはくれるものの、どうにもぎこちない。いつになったら慣れるのか。

「ごはんいる？　まこちゃんが作ってってってくれたの」

「あ、いただきたいです、ぜひ」

……ん？

あきらかに了ではない声に、私の頭はようやく覚醒《かくせい》した。ワイシャツに埋めていた顔を上げ、了の背後を見る。ジョージさんが「お邪魔します」と手を振っていた。

私が悲鳴をあげたのは、恥ずかしかったからじゃない。

自分が完全なるすっぴんで、かつ部屋着であることを思い出したからだ。

「ごめんなさい、お待たせしました」

「いつもの早織さんだ。ノーメイクもすてきだったのになー」

そのコメントは無視させていただき、私はふたりぶんの食事と、自分のコーヒーをテーブルに並べた。

見た目以上に空腹だった彼らは、私がコーヒーを飲み終える前に、すごい勢いで食事を片づけてしまった。「ごちそうさまでした」と軽く頭を下げる仕草がまったく同じで、育ちのルーツが近いことを思わせる。

了が食器を洗う間、私は新しく三人ぶんのコーヒーを淹れ、配った。

「どうも。おいしかったです。〝まこちゃん〟というのは？」

「私のきょうだいで、今、恵のシッターをしてくれてるんです」

「お姉さん？」

「どうでしょう。お兄さんと呼ぶこともできます。本人は喜びませんが」

ジョージさんは色の薄い瞳をきらめかせ、「ミックスですか」と微笑んだ。

「僕と同じだな」

「ハーフのこと？　やっぱりジョージさんて、外国の血が入ってるの？」

「父方の祖母がスペイン系アメリカ人でして。俗に言うクォーターですが、〝四分の一〟なんて呼ばれるのは好きじゃないですね。残りの四分の三だって僕ですよ」

なるほど。言われてみれば、ハーフともども失礼な呼びかただ。

「いいことを教えてもらった、ありがとう。これから気をつける。まこちゃんをミックスと言えるかはわからないけど」

「人はみんな混合物、ミックスです。その度合いや成り立ちが、他者に理解しやすいかそうでないかの違いしかありません」

「ジョージさんも、戦ってきた人みたいね」

コーヒーカップ越しに、彼が目配せをした。

「はじめてお会いしたときに、僕の容姿や離婚の理由について、尋ねようともしませんでしたね」

「私の育った家も説明事項が多い家庭だから。聞いてほしくないから聞かないってわけじゃないいんだけど」

「舞塚令嬢の件は片づきました。おふたりはあらためて結婚に向けて進むべきです。今後どんな横やりが入ろうと、僕はもろ手を挙げてあなたを歓迎し、後押ししますよ、早織さん」

「そうだ、そちらはどう解決を見たの？」

ちょうどそこに、食器洗いを終えた了が戻ってきて、ジョージさんの隣の席についた。腕まくりしたワイシャツ姿でコーヒーをすする。

「舞塚はかなり頭の凝り固まった家みたいだね」

「旧家と現代社会の間にできた溝にすっぽり落ちてしまったお嬢さんでした。女性は嫁げとしか言わない家。だけど一歩家の外に出たら、自立していない女性は軽んじられる。親の認める範囲の仕事をすることで、糸のように細い足場を生きてきたんです」

「Selfishでの仕事は親にも無断で、冒険だったみたいだよ。だからわざわざ実家の競合であるソレイユの派遣会社を使ったんだね」

「急に辞めたのは、もしかして連れ戻されたのかしら」

そうみたい、と了が気の毒そうな顔をする。どこまでも人がいい。

「彼女の人生から、本人の意思が介在する余地を奪い続けてきておきながら、ご両親は彼女が二十代後半に差し掛かると〝どこにも出せない行き遅れ〟という扱いをするようになったんですね。なかなかのクソ親だ」

ジョージさんの言葉に、彼女があれほどまでに私を敵視した理由がわかった。彼女からしてみたら、全部手に入れている女に見えたんだろう。事実はどうあれ。

　私は彼女の、了を見たときの反応を思い出した。

「もしかして了のことは、本気で好きだったんじゃないかしら」

「さすが、鋭い。だからこそ彼女はSelfish にもぐり込んだんです。敵情視察ですね。持ち前の調査力で、了の相手があなただと知ったんですよ」

「私〝だった〟ね、あのタイミングなら」

　彼女が編集部に入ってきたのは、私が了と連絡を絶ったあとだ。そうか、そもそも私が目当てだったのか。それであれだけ猛烈に働いてくれたのなら、すごい。

　いや、あの時点でまだ了と続いていたら、今みたいにあの手この手で引き離そうとされたのかもしれない。それは想像しただけで胃が痛い。

「ちなみに見合いの話が出る前から了を知っていたそうです。Selfish に入る前もうちで受付をしていまして、そのときに会っていたと。ずっと好きだったんでしょうね。このボンクラはおぼえていなかったようですが」

「受付の人の顔なんて、そんなに見なくない？」

　ぐいと頭を押しやられ、ばつが悪そうに了が言い訳する。

「女性の顔を見ないなんて失礼は、俺ははたらかない」

「そりゃ、お前はそうかもしれないけどさ……」

「いい素材がいたらスカウトしなきゃだろ？　そんな朴念仁《ぼくねんじん》でどうするんだよ」

「そういう人に会ったときは、見る前から感じるんだよ」

「なにを」

「なにかを……」

ジョージさんはあからさまなため息をつき、肩をすくめた。同い年ということだったけれど、ジョージさんのほうが兄貴分に見える。

「了、あなた人を見ればわかるじゃない。今日、舞塚さんになにを感じた？」

少しくたびれた様子の了が、ぱちっと目を見開いた。記憶を探るように視線を動かし、やがてまたカップを口元に持っていく。

「ひずみ、かな。なにと戦えばいいかわかってないから、手に取る武器も間違ってるし、闘争心が空回りしてる。十代にはそういう状態、多いんだよね。あの年齢まで引きずると、攻撃力だけ上がっちゃって危ない。すごくアンバランス」

鋭くも優しい、了の観察眼だ。そしてここでもまた相手のわからない〝戦い〟。

「反省したかどうかは知りませんが、了からきつく言われたのはこたえたようです。こいつ、女性相手なのに手加減なくてねー。怖い怖い」

「加減したよ！　男だったらついでに殴ってた」

「なにを言ったの？」

「『早織は僕の大事な妻で、娘の母親だ。彼女に害意を向ける人間を、僕は絶対に許さない。今度なにかするときは、記憶の中の都合のいい僕じゃなく、今の僕のこの顔を思い出してからにするんだね』とこう。容赦ないですよねー」

ジョージさんが、自分の武勇伝であるかのような態度で声色を使って語り、了は隣で肩身が狭そうにコーヒーをすすっていた。


タオルケットをかけようとしたら、了が目を覚ました。

ジョージさんが帰るとすぐに、ソファで眠ってしまったのだ。仰向けになったまま、了がごしごしと顔を両手でこする。

「俺、また寝てたね……」

「私も帰ってから寝たし。ゆうべ休んでないのよ、今日は早めに寝て」

うん、と返事しながら、ぼんやり天井を見上げている。私は彼の頭側にあるアームレストに腰をかけ、寝ぼけた顔を見下ろした。

「了があんなタンカを切れるなんてね」

私の言葉が脳に浸透するまで時間がかかったらしい。少しの間ぼけっとしていた了は、やがて腕で顔を覆い、耳を赤くした。

「あれ絶対ジョージの脚色入ってる。俺はもっと普通に言った……」

「きっともうしないわね」

「べつに謝罪とかは求めなかったけど、いいよね」

「二度としないでくれたら十分。謝られたところで水に流す気もないし」

子どものケンカじゃあるまいし、明確な悪意から出た行為を謝らせるなんて、ただの茶番だ。了の髪をなでると、彼がその手を取った。

「三人で出歩けるよ」

「うん」

私の指に唇を押し当て、くすぐるようにキスをしながら、了は本当にうれしそうに、くすくす笑い出す。

「父さんと母さんにも報告しなきゃ。そのうちふたりをここへ招きたいね」

「そうね」

「今度こそ結婚しよう、早織」

見上げてくる優しい視線を受け止めながら、私はお尻をすべらせ、床の上に移動した。ラグに腰を下ろすと、追いかけてきた了の目と高さが同じになる。

「あんまりこういうこと言うタイプじゃない自覚はあるんだけど」

「うん？」

「私のこと、あきらめないでね」

私の片手を握りしめ、了がきょとんとした。彼のことだから、『うん』とすんなり言ってくれるのかと思いきや、何事か考え込んでいる。そして寝そべったままおもむろに身体をこちらへ向けると、片手で頭を支え、もう片方の手で私の手をぽんぽんともてあそんだ。

「どうかなあ、それは早織次第だなあ」

「いきなりなに余裕ぶってるの？」

「そういえば俺、早織の口から聞いたことないんだよね」

嫌な予感に襲われつつ、「なにを？」と慎重に聞いてみる。了がにやっと笑った。

「俺と結婚したいって」

「……言ったでしょ？」

「『いいと思う、結婚しましょ』とかだったろ。そうじゃなくて、もっと気持ちが入った言葉、聞きたいなってずっと思ってたんだよね」

「どうして今！」

「じゃあいつならいい？　決めておこう」

「なんなの⁉」

逃げようとしたものの、ぐっと手を握られてしまい、できない。にやにやした視線に、顔が熱くなってくる。

了が身を乗り出し、私の頬にキスをした。ぱくりと食むような、からかいめいたキスだった。遊んでいる。

この時間が引き延ばされるくらいなら、と覚悟を決めた。ぎゅっと目をつぶり、キスから逃れるべく懸命に顔をそむける。効果はないけれど。

「了と結婚したい。絶対」

早口に言い捨てたつもりが、小さなわがままみたいな響きにしかならなかった。

ふっと手首の拘束が解け、私はおそるおそる目を開けた。満足そうな了の顔があった。長い指が、頬の上のさっき甘く噛んだ場所を優しくなでる。

「よくできました」

偉そうな声が言い、さらに続けた。

「知ってたけどね」

反論する前に、唇が重ねられた。柔らかく、じっと押しつけられる、温かい唇。

〝約束〟のキスだと感じた。

それだけで終わらせるつもりがないのがわかった。だんだんと深く、噛みあう唇。開いた隙間から舌が差し込まれ、私の舌と絡んだとき、昨日私を抱きしめて離さなかった、了のあの身体の熱さを思い出し、心臓が鳴った。

優しくて熱っぽい、了のキス。

深い絡みは長く続かなかった。近いうちに続きをね、と私にわからせようとしただけ、そんなキスだった。

名残を惜しむように、甘く触れあわせながら、了がふわふわ笑う。

「眠いや……」

「寝なさい。朝は何時？　起こしてあげる」

「六時半」

「わかった」

私はもう半分寝ている了の唇に、軽くキスをした。

まったく、お嬢さまの惚れた腫れたからはじまったわりに、とんだ本格的な大騒ぎで迷惑千万だった。ようやくこれで平穏が訪れる。と、思ったのだけれど。

翌日の夜、仕事中の了からかかってきた『帰れそうにない』という切迫した声の電話で、つかの間の安らぎは終焉《しゅうえん》を告げた。

数日後、彼の名前はけっしてうれしくない形で、今度はニュースサイトを飾った。

一難去って

「いつになったら恵と風呂に入れるんだ……」

マノの社長室。うなだれる了の声は、泣きそうというより、消え入りそうだ。

「風呂だって？　なにのんきなこと言ってるんだよ」

ジョージさんが入ってきた。

今は昼休みだ。夜通し事務所に詰めていた疲労困憊の了を、速水社長が自ら車でピックアップしに行ってくれた。そして今はなんと、全員分の軽食を買い出しに行っている。

私は恐縮しきりだが、『あなたの務めは夫のそばにいること』と言われてしまっては抗えない。実際、連れてこられた了も、私の顔を見たとたん、ピリピリした空気を崩した。ほっと息をついた彼が、『早織』とつぶやくのを聞いたときには、ここにいさせてくれた速水社長に心の底から感謝した。

応接セットのソファにぐったり座り込んでいる了の肩を、ジョージさんが叩く。

「しっかりしろ、一度家に帰って休め」

「そういうわけにも……」

「そんなヘロヘロで、なんの役に立つんだよ。せめて社長らしく振る舞えるまで回復してから人前に顔出せ、バカ」

「あの記事、どうしてこのタイミングで出たの？　まさか……」

私の言葉をさえぎるように、「私じゃないです！」と人影が飛び込んできた。

ぎょっとして戸口のほうを見て、さらにぎょっとした。舞塚さんだった。

「私、性格ねじ曲がってますけど、嘘は嫌いです。先日お約束したとおり、私はもう狭間さんと伊丹さんにかかわるつもりはありません」

「わかってるよ、大丈夫。こっちへおいで」

ジョージさんに招き寄せられ、彼女が崩れるようにソファに座る。私は呆然としつつその様子を見ていた。了も気落ちしているどころじゃなくなったらしい。目を丸くして彼らに釘づけだ。

「え、ふたり、一緒にいらしたの……？」

「ジョージ、お前……」

ジョージさんは舞塚さんの肩を抱き、「え？」とだらしない笑顔を私たちに向けた。

女好きそうだなとは思っていたけれど……。

舞塚さんが「そうでした！」と身体を起こした。持っていた荷物をテーブルに置き、中からテイクアウトフードの箱を出して並べる。

「社長さんからお食事を預かってきました。社長さんは急な用事が入って、そのまま別件へ向かうそうです」

てきぱきとスプーンやおしぼりを全員に配り、ごみ入れとしてビニール袋をひとつ、広げて置いた。そういえば、お嬢さん育ちぽいわりに、こういう実際的なところがある人だった。了はぽかんとしている。

「あ……ありがとう」

「狭間さん、私が言うことじゃないですが、負けないでください」

気圧《けお》された了が「う、うん」とこくこくうなずいているうちに、「では私は会社へ戻ります」と颯爽《さっそう》と出ていく。

「駅まで送るよ」とジョージさんが追いかけ、部屋には私と了が残された。

「……ジョージさんて、女性の趣味、変わってる……？」

「自分で手を入れる余地がある女の子を好きになるタイプなんだよね」

「ああ……」

そういう人、いる。

「妹さんもそういう女性だったの？」

「ある意味ではね。でも妹は、黙って影響されてやるほどかわいげのある奴じゃない。もともと気心知れた幼なじみだっただけに、大ゲンカして円満離婚だよ」

「難しいものねえ」

しみじみうなずきながら、お互いフードボックスを開いた。中は食欲をそそる匂いのチャーハンだった。了がスプーンを手に「まあハッピーエンドだよ」と言う。

「妹は『旦那じゃないジョージのほうがずっと好き』って言ってるし、ジョージも『俺でなんとかできる物件じゃなかったわー』って笑ってる」

「舞塚さんとは案外、ナイスカップルかもしれないね」

「俺もそう思う」

了も気づいたに違いない。舞塚さんのメイクやファッションが、わずかに変化していたことを。無理な幼さが消え、彼女自身に似合うものになっていた。

満たされると、人は強くも優しくもなれる。単純だけれど、真理だ。

新たに我々を悩ませている〝記事〟とは、ある会社の粉飾決算に、ソレイユ・インターナショナルが加担したという報道だ。指摘された取引があったことは事実だと、調査に応じた了も認めた。

ただしその取引が行われたのは、了が社長に就任する前のことだ。代表にすらなっていない。速水社長からその次の社長に交代になった直後の、インターナショナルの〝空白の時代〟と言われている期間中に起こった。そのため粉飾に加担する意図があったかどうかは定かでない、とも了は答えている。

「当時の社長とは連絡はとれたの？」

「いや、逃亡中。会計士のほうは見つかったみたいだ。当時、両社とも同じ会計士が見てたんだよ。でもまあ、巨大企業でもないから額も額だ。刑事責任を問われることはないと思うんだけど……」

「だったらどうして、わざわざ報道されたか、よね」

スプーンをくわえた了が、残念そうにうなずく。

どう考えても、先日の了のゴシップの影響だ。あれに関連づけて『ホールディングスの御曹司、会社を私物化』みたいにおもしろおかしく書いたメディアが多かった。経済紙は、過去の粉飾が発覚した事実を、シンプルに伝えただけだ。本来なら、そのくらいの取り上げかたがふさわしい。

「百合さんにも調査の手が伸びてる。迷惑かけちゃったな……」

「了が気に病むことじゃないって、速水社長も承知よ。むしろ『一時的にでもあんなポンコツに会社を任せた私の責任』って嘆いてた」

了はなにも言わず、私の気遣いに感謝していることだけを、力ない笑顔で伝えた。

ふいに「ん」と胸に手をあてた。電話だ。

携帯を取り出した了は、はっと表情を硬くした。

「……父さんだ」

「えっ」

このタイミングで、事件と無関係の連絡なわけがない。緊張した声で「了です」と応答する姿を、私は固唾《かたず》をのんで見守った。短いやりとりで通話は終わった。了は「はい」「わかりました」と従順な相槌を打っただけだった。

「話があるから、近いうちに家に来いって」

「そう……」

「できたら早織と恵の顔も見たいってことだけど……どう?」

私は「もちろん行く」と即答した。了にとって居心地のいい帰省なわけがない。ひとりでなんて行かせるものか。

ふと昼休みが終わりかけていることに気づいた。せっせと残りのチャーハンを片づけ、ごみをまとめる。

「私、仕事に戻るわ。帰れたら家に帰ってきて、ゆっくり休んでね」

「うん」

出ていく私に、了が片手を振る。手元のフードボックスの中身の減りは遅い。

インターナショナルの事務所は調査のため片っ端からひっくり返され、仕事ができる状況じゃないそうだ。無人にしておくとあまりに好き放題荒らされるため、立ち会って見張っていたいのだと了は言っていた。

調査がはじまってから了は自宅に帰っていない。自身の社長室で仮眠はとれるし、シャワー設備も会社にある。とはいえ、どれほどの疲労だろう。

「早織さん」

「え」

うつむいて歩いていた私を前方から呼び止めたのは、ジョージさんだった。よかった、了をひとりにしておくのは心配だった。「早く戻ってあげて」とせっつく私の肩を、ジョージさんが元気づけるように叩く。

「はい。早織さんまでそんな顔をしないでください。了が悲しみますよ」

「実家のお父さまから、了に呼び出しがあったの」

彼の顔がさっと曇った。やっぱり、楽観視できないと彼も感じたのだ。

「了と話します」

「お願い。あと、せめてホテルでもいいから、了を休ませて」

「任せてください。一服盛ってでも、今日はベッドで寝かせます」

思わず笑うと、ジョージさんもにっこり笑顔を返した。

彼と別れ、自分のオフィスを目指す。

本当に、いつになったら父娘が一緒にお風呂に入れる日が来るのか。

＊　＊　＊

「お前から代表権を取り上げる」

和室の客間で、座卓を挟み、狭間拓氏は息子にはっきりと伝えた。脚に負担がかからないよう、高さのある座椅子に座り、あぐらをかいている。一見くつろいだ姿ながら、放つ空気は畏怖《いふ》を誘う。正座をし、父親の言葉にじっと耳を傾けていた了は、腿に置いた手を握りしめ、頭を下げた。

「私の至らなさで、グループの顔に泥を塗りました。弁明のしようもありません」

「役員からもはずす。身の振りかたは自分で考えろ」

「はい」

横に私をいさせながらも、親子の対面ではなかった。ソレイユグループの総帥と、グループ内のひとつの会社を任された人間のやりとりだ。厳しく冷静。感情の介在する余地はない。

顔を伏せている了が、唇を噛みしめているのがわかった。屈辱だろうし、悔しいだろう。ソレイユグループそのものが、了の家でもあるのだ。今、失敗者の烙印《らくいん》を押され、そこからはじき出されようとしている。

柔らかな日差しの降り注ぐ庭から、恵の笑い声が聞こえた。了のお母さまが連れ出してくれているのだ。

了にも当然聞こえたに違いない。彼の身体が、ぴくっと反応した。

父になる前に、大きなものを失ってしまった了。

見ていて胸が痛かった。

その夜、約一週間ぶりに家に帰ってきた了は、マットレスに倒れ込むなり寝入り、そのまま昏々《こんこん》と翌日の日曜日になっても眠り続けた。

「ねえ、了、一度起きて」

夕方にさしかかった頃、さすがに心配になって、そっと揺り起こした。丸一日近く、飲まず食わずで眠っている。このままじゃ脱水になってしまう。

「ん」

寝つきも寝起きもいい了は、すぐにぱかっと目を開けた。しかしそれは私が起こしたのとは別の理由だった。枕元の携帯が震え出したのだ。

即座に手を伸ばし、「はい」と出てから、私の存在に気づいたらしい。携帯を耳にあてながら仰向けに寝転がり、そばに座る私の手を握った。

「寝てたよ、うん。行った行った。えーっと、ちょっと待って」

起き抜けのきょとんとした目つきが、私を見上げる。

「ジョージが来てもいい？」

「ぜひ夕食もとっていって」

了は電話に向かって手短に歓待の意を伝えると、「シャワー浴びよ」とだれにともなく言って、身軽に身体を起こした。

「すごく乱暴に説明すると、赤字の事業をうちが買い取って、決算後にまた買い戻してもらうっていう取引」

「それで向こうは一時的に赤字がなくなるわけね、なるほど」

そういうことだったのか。ようやく理解した。

ジョージさんが「古典的だよなー」とあきれ声を出しながら、子ども用の椅子でダイニングテーブルの食事に参加している恵にごはんをあげている。

「でも帳簿に書かれてなかったら、お前にわかるわけがない。とばっちりだよ」

「代表であるからには、会社で起こったことはすべて俺の責任だよ。だから代表っていうんだ」

「まじめだな。仕事はどうする気だ？」

了がふうっと背もたれに寄りかかり、天井を見上げた。

「どーしよ」

役員からもはずされるとなったら、再雇用されない限り了は無職だ。そして再雇用されたところで、一般社員として働くしかない。ホールディングスにマイナスイメージがつくことを避けるため、役職を取り上げられたのだ。少なくとも数年、グループ内で了が幹部になることはないだろう。

「本体に来るか？　俺の補佐とか、お前がやりやすいポジションを用意するぜ」

「それはすごくありがたいんだけど……」

まだ眠気が残っているのか、了がごしごしと顔をこすった。ドライヤーを使う気力もなかったらしく、短い髪は湿っている。珍しく曖昧な返事ばかりする了に、ジョージさんが同情の視線を向けた。

「伯父さんも容赦ないよな」

「そのやりかたでのし上がった人だからね。俺も息子だからって特別扱いはされたくない。だけど想像を超えて決断が早かったなあ……さすがだなあ」

嘆きつつ、空になったお茶碗をずっと左手に持っている。「おかわりいる?」と聞いたら、「いる」と弱々しくうなずき、お茶碗を差し出した。

「まあ株主総会までは社長なのよね? 時期は決まったの?」

「まだ」

定期総会まで待つのなら半年間は猶予がある。でもすぐに臨時総会を開き、解任決議を急ぐ可能性もある。ジョージさんが「残念ながら、決まったみたいだぞ」と携帯をいじりながら言った。メール画面をこちらに見せる。

「十二月に臨時総会を開くってさ。来月だ」

了がずるずると椅子の上で崩れ落ちた。

お風呂から上がったら、リビングにいたはずの了が消えていた。書斎にもいない。私は髪を拭きながら、寝室のドアを開けた。照明を落とした部屋で、了は背中を丸めてカーペットに座り込み、恵の寝顔をじっと見つめていた。

「向こうでデカフェのコーヒーでも飲む？」

そっと声をかけると、はっと背筋を伸ばす。戸口の私を振り返り、「うん」と照れくさそうに微笑み、立ち上がった。

リビングのソファで、コーヒーをひと口飲んだ了が、はーっと深い息をついた。

「ごめんね、こんなことになって」

「了が謝ることじゃないから。さいわい私には、了が探してくれた仕事があるし。一年くらい主夫をしてくれてもきっと大丈夫」

主夫かあ、と了がカップの湯気を見つめる。私は隣に座った。マンションは了のキャッシュで買ったし、それなりの蓄えもある。生活の話でいえば、了の解任は不安要素ではない。

「半年くらい、やってみようかな。でも働きたいなあ」

「やっぱりおもしろいよね、仕事は」

「俺、やっと早織の味わった悔しさが、少し実感できたのかもしれないよ」

肩を落として微笑む。私はその腕を抱き、肩に頭をのせた。そんなもの、理解してくれただけで十分だ。了が同じものを味わう必要なんてないのに。

「女の人なんて、仕事をしたいって思うことすら非難されたりするもんね。なんで自分が迷惑をこうむったわけでもないのに、そんなに人の生きかたが気になるかなあ、みんな……」

「〝みんな〟でもないの。そのことに気づけばけっこう楽になるのよ」

了がふとこちらを見た。私は微笑みかけ、安心させた。

私を知る人は、だれもそんなことで私を責めない。世論という雲は、だれかがなんの気なしに発した言葉でできている。その〝だれか〟も、特定のだれかを非難しているつもりはきっとない。〝小さな子どもを預けて働きに出る母親〟といった茫漠《ぼうばく》とした情報に対して、反射的に抱いた嫌悪感を、正義感でくるんで吐き出しているだけだ。

彼らが実際に、子育てしながら働く女性と個人的に知りあったとして、その人に『あなたは無責任で愛情に欠けた母親ですよ』と言えるだろうか。

「そうだ、これを今あなたに言って、励みになるのかどうか」

「うん？」

「来月、恵の誕生日なの。知ってると思うけど」

励みにはならなかったみたいだ。了は「そうだった」と顔を覆って天を仰いだ。

「娘の誕生月に無職になる父親……」

「事情があるんだもの、仕方ない。できたら一緒にお祝いしましょ。その頃の了のスケジュールが想像つかないんだけど」

「俺もつかない……」

泣きそうな声を出している。

「お父さまを前にした了、潔かった。かっこよかったよ」

了が天井を見上げたまま、きゅっと唇を噛む。なにか思い出したんだろうか。

「俺、あのとき、よりによってこれから家族ができるってときに、こんな仕打ちないだろクソ親父って考えてたんだよ」

「そうなの？」

思わず笑うと、了も表情を和らげた。腕を回して、私を抱き寄せる。

「でも、もしかしたら逆かなあと思って。家族がいるから、俺もポキンと折れずに済んだのかもしれない。父さんも、それがわかってたのかも」

「私、お母さまと少しふたりでお話しする時間があったの。同じようなことを言ってらした。お父さまがホールディングスの幹部たちの前でも、いっさい了をかばわず、一番厳しい処断を下したのは、了が父親になろうとしてるからだって」

「そうなの?」

「男ってかっこつけでバカよねえって一緒に笑ってきたわ」

了はふくれ、「かっこつけでバカだよ」とおもしろくなさそうな声を出す。了はカップ半分ほど残っていたコーヒーを一気に飲み干した。

「よし、結婚には、今でもふたりは前向きってことだな」

「具体的なことを話せるタイミングじゃなくなっちゃって、残念だったわね」

「どうせ父さんは、そういう話ははっきり語りたがらないよ。優れた経営者も、家じゃただの偏屈親父だよね」

その言いかたが完全なる他人事だったので、私は釘を刺した。

「あなたもいずれ、同じことを言われるようになるからね」

きまじめな了は、その可能性について頭の中で検討したらしく、真剣な顔で宙を見つめ、「ほんとそうだね」とつぶやいて、また私を笑わせた。

ようやく三人がそろってゆっくり眠れる夜が訪れるかと思いきや、了はまた「事務所に行かないと」と家を出ていった。今の了に、それをがんばりすぎだと言うことはできない。

玄関で見送る私に、了はキスをした。不甲斐ない自分を恥じているような、控えめなキスだった。

どんな了も好きよ。

そんな思いを込めてキスを返した。

＊　＊　＊

さて、了はそれどころじゃないだろうけれど、私には事件の発生からずっと引っかかっていることがある。だれが粉飾をリークしたのか？

時期を考えても、自然発生的に漏れる情報じゃない。だれかが絡んでいる。

その答えは翌朝もたらされた。

『ホシが上がりましたよ～。メールを確認してください』

まこちゃんに恵を見てもらい、出勤の支度をしていたら、ジョージさんから電話がきた。私はメイクパフ片手に、鏡の前で会話した。

「すごい情報網ね」

『持つべきものは手段を選ばない友人です。というかね、同業の人間がかかわってたんですよ。まあ利害関係になきゃこんなことしませんから、当然といえば当然ですが』

そういえばそうか。私はリビングに移動し、PCを開いてジョージさんからのメールを開いた。ひとりの男性のプロフィールが添付されていた。

「聞いたことのない事務所だわ……」

『メインはセクシー系のタレントですから、早織さんはご存じないかもしれませんね。そこの取締役のひとりが、各社に情報を持ち込んだ可能性が高いです』

ふうん、と画面を見ていたら、背後から「あれっ」と声がした。

「これ、うちのお店のお客さんだよ」

「え?」

振り返ると、恵を抱きかかえたまこちゃんがのぞき込んでいた。

「たちの悪い絡みかたをするから、出禁にしようかって店長と話してるんだけど。あーそうそう、この耳の形、間違いないよ。最近毎晩来店するよ」

電話の向こうで、ジョージさんが『なんです?』と聞いている。

「彼を捕まえられるかも。早ければ今夜にでも」

私の言葉に、彼は一瞬間を置いて言った。

『そりゃあすてきだ』

女の敵は

「恵！　行っちゃダメ！」

　全身びしょ濡れの恵がバスルームを飛び出す。当然ながらすぐにつるっと足を滑らせ、ゴチンという鈍い音と一緒に、廊下に仰向けになった。

　あーあ。バスタオルを手に、私はよっこらしょと腰を上げた。恵は了にそっくりな大きな目を見開き、限界まで息を吸っている。くるぞ。

「あぁぁあん‼」

「あらら、かわいそかわいそ。どこが痛い？」

　音からすると後頭部をぶつけているけれど、これだけ力強く泣けるなら大丈夫だ。

　私は恵を抱き起こし、よしよしとなだめてあちこちをさすった。「あたま」「おしり」と申告する場所がどんどん移動していく。はい、元気だね。

「ダメって言ったら、しちゃダメ。わかった？」

「はい」

　大粒の涙をこぼしながら、恵は従順にうなずいた。バスタオルで全身をくるみ、がしがし拭いてやる。

もともと似ていたけれど、一緒に暮らしはじめてから、加速度的に了に似てきている気がする。表情の作りかたや仕草がそっくりだ。血もあるだろうけれど、やっぱりこういうのって、距離なんだろうか、と考えてしまう。

最近なぜかドライヤーを嫌がるようになったので、タオルで念入りに髪を拭く。まだ眠くないと本人が主張していても、歯を磨くと眠気のスイッチが入るらしく、私のひざに頭をのせているうちから力が抜け、静かになる。

たいていはこのままおとなしく寝床に収まってくれる。習慣って大事だ。

寝室に寝かせたとき、玄関の鍵が開く音がした。迎えに出た私を見て、了がびっくりしたように足を止め、それから恥ずかしそうに微笑んで入ってきた。まだ、だれかに迎えられる自宅というものに慣れないのだ。

「ただいま」

「お帰り。ごはんは？　少しでよければ、残ってるわよ」

疲れた顔で「ちょうだい」とうなずく。

私はキッチンへ行き、恵と食べた夕食の残りを温め、冷蔵庫にあるもので簡単なサラダとスープを作ろうと考えた。材料を並べたところに、部屋着姿になった了がやってくる。

「あれ、なにか作ってくれるの？」

「おかずが思ってたより残ってなかったから。足りないかなと思って」

「俺もやるよ」

「疲れてるでしょ、座っててよ」

了は首を振り、「気分転換」とむしろ心配になるようなことを言って、包丁を取り出した。きゅうりやトマトを少量ずつ、サクサクと切っていく。

「早織も食べる？」

「ううん、私はお腹いっぱい。ついでにこれもスライスして」

私は了にタマネギを切ってもらい、ベーコンとさっと炒めてスープを作った。

ひとりぶんの食卓はすぐに整った。

「俺、帰る時間を連絡したほうがいいね」

「そうね。どちらかというと、夕食が必要かどうかを知りたいかも。恵と食べきっちゃうこともあるし」

「そうか……それって何時くらいまでに言えばいい？　いただきます」

どうぞ、と対面に座りながら、私はうーんと考えた。

「五時半には作りはじめるから、その頃かな。でも買い物はもっと早い時間にしたいし、まこちゃんにお願いしておくときもあるし……。四時には見通しが立ってるとベストだけど……」

「四時かあ」

了も悩ましげな声をあげる。私も終わりの読めない仕事をしていたからわかる。そんな時間に、その日の夕食の予定なんて決まっていない。

見るからに育ちのいい所作で食事をとりながら、了が思案げに宙を見つめた。

「とりあえず、家で食べるときはなるべく早く連絡するよ」

「食べないときも知りたいけど……それってつまり、毎日夕方にその後の予定を私に教えるってことよね」

「それ、俺、鬱陶しくない？」

帰宅し、まこちゃんと入れ替わり、遊びたい時間帯の恵の気をそらしつつ夕食の準備をするという一日でもっともてんやわんやのタイミングに、了から夕食要不要のメッセージが来ることを想像し、私は「鬱陶しい」と心から言った。

了が悲しそうに「そう言わないでよ」と肩を落とす。

「自分で言ったんじゃない」

「でも食材を無駄にせず、なるべく顔を合わせて食事をするには、必要なすりあわせだよなあ」

「みんな、どうしてるのかしら」

ねえ、とふたりで息をつく。

大人ふたりが寄り添って暮らそうとすると、こんなにも約束事が多くなるのか。すでに、洗面所のタオルを替えるタイミングだとか掃除当番だとか、あれこれ決め事ができつつあるのに。

「そうだ、ジョージから聞いたよ、例の人、真琴さんの店の客なんだって？」

「そうなの。今度お店に来たら知らせてもらうことになってる」

まこちゃんの勧めるバーは、ここから車で三十分ほどだ。とはいえ……。

「とっ捕まえに行けるのは私か了か、どちらかよね……」

だれかが恵を見ている必要があるので、私、了、まこちゃんの三人が一度に外出するというのはあり得ない。

「まあ俺だろうね、車も出せるし」

「私だって運転できますけど」

「はあ？　じゃあちょっと今から首都高乗って中央環状線でも走ってきてよ。〝免許を持ってる〟と〝運転できる〟は同義じゃないよ、しっかりして」

「そこまで言う⁉」

頭にきて、了の足を蹴った。了が「いて」と声を立てて笑う。久しぶりにそんな顔を見て、ほっとした。

かつてデートを重ねていた頃、ドライブに出かけた先で、駐車の練習をしたときのことを思い出した。了は遠慮なしに私のセンスのなさを笑い、『どうやって免許を取ったの？』とまで言った。

『努力の末によ、決まってるでしょ』

『奇跡はもう起きないよ、あきらめたほうがいい』

勘さえ取り戻せばなんとか、と思っていた私は自分に落胆し、ふてくされた。

『もういい、やめる。了が運転して』

腹立ちまぎれにシートベルトをはずし、ドアを開けて出ようとしたところを、引き戻される。私の肩を背もたれに押しつけ、なんの脈絡もなく了は私にキスをした。

『うん、俺が運転するよ、いつだって』

『なに……』

『だから、ずっと俺の隣に乗ってなよ』

遠慮がちなくせに、自信家だった了。たまにいきなりこういう強気な発言をしては、あとで自分に照れていた。

「ねえ、思い出し笑いするのやめてよ、こっちが恥ずかしい」

気づいたら了が正面で顔をしかめていた。しまった。当然ながら、私がどんな場面を思い出していたか、了もわかっているはずだ。

ごまかしついでに、やろうとしていたことを思い出した。

「ちょっと恵を任せていい？　コンビニに行ってくる」

「いいよ。どうしたの？」

「Selfish の最新号を買ってきたいの」

仕事帰りに買おうと思っていて忘れたのだ。久しぶりに前号を見たら、追いかけたくなってしまった。

「あとで俺にも見せて。いつも会社で買うんだけど、今それどころじゃなくて」

「そうだった、あなたの熱愛相手が出てるんだったわね」

「心配しなくても、あの子は俺には幼すぎるよ」

「心配なんかしてません！」

立ち去りざま、食べているところを髪をぐしゃぐしゃにしてやった。首をすくめて笑う了の頬にキスをする。了が〝ここにも〟というように顔を向けたので、要求のとおりに唇にも軽いのを落とした。新婚夫婦みたいでくすぐったい。いや、ある意味新婚よりも初々しいと言えなくもないんだけれど。

念のためスエットからデニムにはき替え、トレンチコートを羽織ってマンションを出た。コンビニはすぐそこだ。

……と思ったのに、なんとそこにはSelfishが置いていなかった。少し足を延ばし、別のコンビニへ向かう。ひんやりした秋の夜気から、コートが身を守ってくれる。ちょうどいい気候で、人々のファッションも冬へ向かうときだ。

二軒目にはあった。棚から一冊取り、ついでに奥にあったぶんを一番手前の目立つ場所に入れ替えてからレジに向かう。袋を断って、雑誌を胸に抱えて店を出ようとしたとき、外の通りを歩く人影に目を留めた。

黒いショートヘア、青みがかったカーキという珍しい色のトレンチコート。

「眞紀！」

飛び出して呼び止めた。住宅の並ぶ細い路地。街灯のあかりに照らされた眞紀が、ゆっくり振り返った。この間よりお腹が目立つ。

眞紀はじっと私に視線を注ぎ、やがて口を開いた。

「あなたにとっては、いい気味でしょうね」

「そんな……」

すぐに目を伏せ、取り消すように首を振る。

「ごめんなさい、早織はそんな人じゃないわよね」

「あの、少し話せない？　座れるところで……」

私はベンチでもないかと見回し、さっきのコンビニにイートインコーナーがあったのを思い出した。

「なにか温かいもの、ごちそうする。中で座って話そう」

逃がさないよう、だけど追い詰めている感じが出ないよう、そっと眞紀に近づき、腕をとる。彼女は抵抗しなかった。

店内に戻り、ドリンクの棚の前で悩んだ。コーヒーやお茶は避けている可能性が高い。私は迷い、ホットココアのペットボトルを二本買った。

眞紀は店の隅のスツールに腰かけ、億劫そうに身体を反り気味にしていた。前屈みになると苦しいんだろう。私は隣に座り、ココアを互いの前に置いた。

「はい。なにか食べる？」

「ううん、ありがとう」

「体調、ずっとよくないの？」

青白い顔がうなずいた。メイクでも消しきれないクマが目の下に浮かんでいる。

「それでこんな時間まで働いて、大丈夫？」

「早く帰ることが、どれだけ会社人生の寿命を縮めるか、早織ならわかるでしょ」

わかる。だけどその寿命を延ばすことが正解かどうかは、今は確信が持てない。

「身体も大事よ」

「べつに病気じゃないもの。定期健診なら行ってるから大丈夫よ」

「……予定日は？」

「三月末」

簡潔に眞紀は答え、ペットボトルを開けた。飲んでくれたことにほっとした。

「了から聞いたの、編集長が……」

言ってから、眞紀の前で〝了〟と呼んだことがあるかどうか定かでないことに気づいた。そもそも彼との関係を、だれにも言っていなかったはずだ。いや、眞紀は気づいていたんだったっけ？

情報の共有度合いを忘れてしまった。長い間会っていない証拠だ。飽きるほど顔を合わせていた数年間が、遠い昔に感じる。

眞紀が不思議そうに眉をひそめた。

「ソレイユの狭間さんのこと？　あなたたち、まだつきあいがあるの？」

そうか、そこからか。自分は思っていたより、秘密を保つのがうまかったらしい。

私はどこから切り出そうか考えながらうなずいた。

「そう」

「まさか早織の子の父親って、彼？」

もう一度うなずいた。眞紀の顔に驚きが広がる。

「そうだったのね。どうして結婚……まあいいわ、なにか事情があったのね」

「ちょっとすれ違いがあって、しばらく会ってなかったのよ。もうすぐ入籍するつもりなの。今一緒に暮らしてる。それでこのあたりに越してきたの」

「なるほどね。お嬢ちゃんは二歳くらい？」

私は眞紀が、恵の性別をおぼえていたことに感動した。

「もうすぐね」

「私、妊娠自体は計画的なのよ」

眞紀が腰をさすりながら、自嘲するように微笑んだ。今日も八センチヒールのパンプス。一度もお腹には手をやっていない。

「……えっ」

「ここ数年ね、子どもを作ろうって夫と話してて、努力してたの。でもなかなかできなくて……きつかった」

「治療とか……？」

「最初の一年でできなかったとき、検査したのよ。ふたりとも異常なし。それが希望のようでいて、行き詰まりにも思えてくるのはさらに一年たった頃ね」

私は驚いた。眞紀は結婚は早かったけれど、子どもを考えていると聞いたことはなかったからだ。

「眞紀は子どもを欲しがってないんだと思ってた」

「それも本当よ。仕事のほうが大事だったし。でも肉体的なリミットが見えてきたとき、自分がどういう母親になれるのか、試してみたいと思ったの」

にやっと笑う眞紀に、私も笑い返した。強気な彼女らしい。

「いつも〝今妊娠したら〟っていう設計図を描いてた。後進も育てたから、ここまでは見届けて、ここからは休みに入って、とかね」

「さすが眞紀って感じね」

「机上の空論もいいところよ。ようやく妊娠したと思ったら、身体がついていかなかった。つわりがひどくて、脱水で入院しかけたくらい」

もともとからスレンダーな眞紀の身体は、首や手首から痛々しいほど肉が落ちている。

「仕方ないわ、眞紀がなにかに負けたわけじゃない」

「早織が妊娠したとき、ある意味では尊敬して、ある意味では軽蔑したの。今の時代、女が真剣に人生計画しなかったら終わり。なのになにをしているのよ、って。でも現実的に対応する姿を見て、それでこそ早織だとも思った」

――気の毒ね。だけどもとはといえば、あなたの自己管理の甘さが招いたことよ。

あの言葉を、眞紀がどんな思いで吐いたのか、やっとわかった。眞紀は冷静だけれど、冷酷じゃない。自分に厳しかったからこその言葉だったのだ。

「今は、なにをしてるの？」

「体調が悪かった間、代理を立てて、ふたり態勢でやってたの。そろそろ回復してきたから、また戻ろうと思ったんだけど……」

眞紀がココアをひと口飲む。話を聞いているうちに、なにか食べてほしくなったのだけれど、最適な食べ物が思いつかない。

「『すぐ休みに入ろうっていう人に、編集長をされても困る』って、編集部全体から言われたの。ちょうどこの間あなたと会った頃よ」

「そんな……」

「今は編集部でアシスタントをしてる。早織を追い出しておいて、ムシのいい話よね」

私が『あなたがいたらやりづらい』と追われたポジションだ。つまり、眞紀にも居心地がいいとはいえないはず……。眞紀は私の心を読んだみたいに口の端を上げた。

「心配ないわ、みんなは私に雑用を頼むのが、楽しくてしょうがないみたいだから」

「Selfish の編集部って、そんなに腐ってた？」

「女の職場だもの」

どうして女同士であることが、潤滑油として機能しないんだろう。どうして、よりわかりあえる方向にいかないんだろう。簡単だ。そこが戦場だからだ。

「プロデューサーには相談したの？」

「がっかりされたわ。私が一生子どもを産まないものと期待してたみたい。『妊娠する計画があったなら話してほしかった』ですって」

聞いているだけではらわたが煮えくり返りそうだった。妊娠の計画なんて、夫婦の間でもなかなか口にできない生々しいプライバシーを、なぜ簡単に話せと言えるのか。

「私が結婚したとき『子どもはまだか？』ってニヤニヤしてたのにね。結婚すれば子どもを産むのが当然、だけど働く女が妊娠したら非常識。どうしろっていうのかしら。

今子作り中ですなんて公の場で言ったらそれこそひんしゅくでしょうに。それとも排卵休暇でもくれるつもりかしら」

吐き捨てた眞紀が、ふと顔をゆがめ、視線を落とした。

「でも人のこと言えない。早織、私はあなたの置かれた状況を、まったく理解してなかった。同世代で、同じ女なのによ。ほかにどれだけ理不尽な思いをしたのか……」

「同世代の同性が一番の敵よ、眞紀もよくわかってるでしょ。〝ほか〟なんてたいしたことなかった」

私は冗談めかした。眞紀がきょとんとし、それからくすっと笑う。

「そうね」

「ねえ、私ね、今……あれっ、ちょっとごめん」

コートのポケットの中で、携帯が震えている。さっき一瞬震えたのを無視したんだった。これは着信だ。画面を見たら、了だった。

「はい」

『すぐに帰ってこられる？　真琴さんから連絡があった。店に来たって！』

「えっ！」

『ジョージと俺で行ってくる。恵を……』

「急いで帰る」

私は電話を切り、飲みかけのペットボトルをポケットに入れ、スツールを降りた。

「ごめん、眞紀、帰らないといけなくなった。また会える？」

「この近所に住んでるなら、どうやっても会うんじゃない？」

眞紀は肩をすくめ、ゆっくり腰を上げる。手を差し伸べたかったけれど、嫌がられる気がして、見守るだけに留めた。

「……連絡していい？」

「好きにしたら。番号もＩＤも、とくに変えてないわ。早織もでしょ？」

私はうなずいた。切れたと思っていた糸は、ちゃんとつながっていた。砂に埋もれて見えなくなっていただけだ。今、再びピンと張って、その姿を現した。

コンビニを出たところで、眞紀がこちらを見た。

「あなたに謝りたいわ。罪滅ぼしのためじゃなく、限りなく近い世界から、限りなく近い現代社会の地獄に落ちた、同志の名乗りとして」

「妊娠も出産も子育ても、千差万別よ。思ってるほど近くないかも」

とぼけた私に、眞紀が笑う。

「同じ体験をしなきゃ理解できないなんて、出版にかかわる人間として失格よね。想像の世界へ飛び立つきっかけを売るのが仕事なのに」

「みんなそうよ。そして喉元過ぎたら忘れちゃう。私も、今望まぬ妊娠で悩んでる人がいたら、がんばってねお気の毒、くらいにしか思わないかも」

「早織はそんな人じゃないわ。だから私の右腕でいてほしかったのよ」

その声は、心からの評価に聞こえた。私は胸の隙間をトンとつかれたような気がして、「ありがとう」と無意識に返していた。一緒にいた頃は聞く機会のなかった、眞紀の私に対する評価。

「じゃあね。これ、ごちそうさま」

ココアのペットボトルを振り、眞紀はマンション群のあるほうへ歩いていった。


走って戻った私と入れ替わりに、慌ただしく了は出ていった。

食器を片づけてくれたらしく、キッチンもダイニングもきれいだ。直前まで仕事をしていた気配のあるダイニングテーブルで、買ってきたばかりのSelfishを開いた。

さっき聞いたタイミングだと、この号はもう、眞紀はかかわっていないはずだ。それが先入観になったわけじゃなく、中身はたしかに変わっていた。わずかな変化だけれど、わかる人にはわかるだろう。そして眞紀の編集長時代をよく知っている私には、この変化に、眞紀の編集に対する否定が込められていることもわかる。

変えること自体は悪ではない。だけどこれはよくない。新しい編集長は、なにかを改善することよりも、眞紀の色を消し、自分を出すことに力を注いでしまっている。

この編集長は長続きしないだろう。そう思うと急にSelfishが色あせて見えて、私は雑誌を閉じた。

『だから私の右腕でいてほしかったのよ』

つけつけとものを言う眞紀は、信奉者も多いぶん敵も多かった。それを自覚していたのか。タイプの違う私といることで、編集部内のバランスを保っていたのだ。

眞紀、私こそ、あなたのためにもっとがんばるべきだった。恵を授かったあの時点に戻ったとして、ほかにどんな道をとれたとも思わないけれど、今なら、あなたが私に感じたであろう落胆がわかる。

テーブルの上で、両手を組みあわせた。ごめんなさい、眞紀。自分の人生を取り繕うのに必死で、パートナーだったあなたのことを真剣に考えなかった。

今度こそ、あなたの力になりたい。

糸をたぐるわ、眞紀。

The End of the War

「ええー⁉」

　思わず大きな声を出した。

　二時間もたたないうちに戻ってきた了が、ソファに突っ伏している。私は一緒に帰ってきたジョージさんにコーヒーを淹れ、ローテーブルに置いた。

「また舞塚の名前が出てきたって、どういうこと？」

「言葉のとおりです。あの男は舞塚の命令で、粉飾疑惑の情報を諸方に流したと」

　ジョージさんは立ったままコーヒーカップを手に取り、この豆おいしいですね、と目を見開いた。

「祥子さんのお父さまってこと？」

「そうなりますね。どうやら狭間に積年の恨みがあるらしい。おい了、生きてるか」

　うつ伏せになっていた了が、ごろんと仰向けになった。口元には痛々しい痣《あざ》がある。暴れた男に殴られたらしい。よく見たらスーツの肩口もほつれている。

「生きてる。俺にもコーヒーちょうだい」

「コーヒーでいいの？　ワインでも飲む？」

　提案に了の心がぐらっと揺れたのがわかった。ジョージさんも目を輝かす。

「いいですね、僕の日本じゃないほうの祖国は、インフルエンザすらワインを飲んで治します」

　私は彼が車で来ていないことを確認し、戸棚からワインとグラスふたつを出した。それから少し考えて、みっつにした。

「あの男は主犯じゃなかったんだよ。けりをつけるには、舞塚氏に会わないと」

　ワインのおかげで、了はみるみる気力を取り戻した。ソファに座り、グラスに向かってため息をつく。

「昔から微妙に狭間と折りあいが悪いんだよね……」

「向こうからしたらコンプレックスなんだろ。同じ業界に踏み込んだものの、業績では圧倒的な敗北、しかもその差は彼らの代でついたんだ」

「祥子さんのお見合いは向こうから持ち込んだんでしょ？」

　ソファの背に浅く腰を預けたジョージさんが、片手を広げた。

「狭間と一体化したかったんじゃないですか？　蹴って正解だったなー、了。生涯、親父どもの嫉妬合戦の駒に使われるところだったぜ」

やだやだ、と私も肩をすくめた。男の嫉妬は気まぐれじゃないから恐ろしい。けれど了の心は、違うところにあったようだった。

「俺はいいとしてさ、自分の娘をそう使おうとしたってことだろ」

許せないよな、と自身が傷つけられたみたいな声を出す。私とジョージさんは顔を見あわせ、笑った。

「ほんと人がいいわね」

「こいつはね、今、舞塚に対してプンプンなんですよ。例の男は女性の格好をすることがひそかな趣味だったんですが、それをネタに舞塚に脅されていたようで」

「俺たちからも脅されると思って怯えてた。そんな下衆なまね、だれがするもんか。個人の性癖なんて、絶対に他人が触れちゃいけない部分だよ」

潔癖な了の肩を、「落ち着け」とジョージさんが叩いてなだめる。

「迷惑行為をはたらいてるって聞いてなければ、私ももう少し同情したんだけど。そもそもいいお客さんなら、まこちゃんも言わなかったはずだしね」

「それはね、お仕置きしてきたから大丈夫。もうバーには来ないよ」

一転してからっとした態度で、了はグラスを揺らした。もしかして顔の痣とスーツの惨状は、取り押さえようとしたからでなく、〝お仕置き〟の結果か。

この人、私が思うより血の気が多いのかもしれない。

「舞塚の件は任せとけ、突入の段取りを整えておく」

明るい口調でジョージさんが不穏なことを言った。

「頼むよ」

「じゃあ俺は失礼します。早織さん、ワインをごちそうさま」

「なにかおつまみでも用意しようと思ってたのに」

いえいえ、と立ち去りざま、ジョージさんは空のグラスをキッチンカウンターに置き、了をぴっと指さす。

「新婚みたいなもんでしょ。そこまでお邪魔はできません。了、お前、ちゃんと〝夫〟してるんだろうな? ぼけっと甘えてるなよ!」

了が赤くなった。期待に添うようなことはなにもしていませんとはさすがに言えないらしい。私も助け舟を出せず、一緒にうつむいた。

ジョージさんが去ったあとも、了はグラスを手にぼんやりしていた。

「なにか食べる?」

「ううん……でも、ちょっと考え事したいんだ、だから……」

バツが悪そうに顔を曇らせる了の頬に、キスをした。名誉を汚され、職を奪われ、自分がそこまで大変なときに、〝夫〟なんて押しつけたりしない。安心して。

「眞紀を速水社長に紹介してもいい？」

「神野さんを？　もちろんいいよ。もしかして会えたの？」

「偶然ね」

私はさっき知った眞紀の情報を、ざっと説明した。了は腿をテーブル代わりに頬杖をつき、「またか」としんみりした声を出した。

「みんな、よくわからないものと戦ってるね」

「了もでしょ」

「俺は、戦う相手がわかってるだけ楽だ」

「休めるときに休んで」

私はもう一度彼の頭にキスをし、自分のグラスをキッチンに片づけた。

寝室では恵が、最後に見たのとまったく違う場所で仰向けになっていた。マットレスの中央まで移動させ、隣に身体を横たえる。

湿った体温と、小さな身体の呼吸の気配。

つられるように眠りに落ちた。

＊　＊　＊

「狭間さんからも連絡をもらったわ。もちろんお会いするし、喜んで当社にお迎えします。その方が望めばね」

　私は速水社長に心からのお礼を言った。

「ありがとうございます。友人にも話してみます」

「まったく、妊娠というものがうわべだけ祝福されながら、依然、社会の自然な営みとして組み込まれる気配がないのは、その陰にセックスがあるからよね――ごめんなさいね、こんな言葉を使って」

　執務室のデスクの向こうで、彼女がひらひらと手を振る。私は面食らいながらも、「いえ」と彼女らしい話の続きを期待した。

「男女が快楽にふけった結果だという認識なのよね。最悪なことに、自身も子どもを持っている男までもがそう考えている。セックスで快楽を得るばかりで、愛を与えたことがない証拠よ。子どもは愛の結晶であるべきなのに」

　その持論に感銘《かんめい》を受けたものの、私のパートナーである了のことをよく知られていると思うと、賛同するのもためらう。私は「そう思います」と小さく答えた。

「その方がいらしたら、うちで女性ファッション誌が作れるわ、なんてね」

「すぐに本人の意向を確認します。もしかしたら、今の会社で戦うことを選ぶかもしれません。少なくともあと少しの間は」

「かまわないわよ、その方の今後のキャリアの選択肢に、当社を入れてもらえるだけでお互いメリットしかないわ」

「そう言っていただけると。それに……」

私は言いよどんだ。眞紀にも逃げ場を、新たな戦場をと思いながら、一方で真逆の考えも頭から離れないのだ。今の場所で戦い、なにかに勝ってほしい。私は逃げ出したけれど、眞紀ならもしかしたら……。

私のその思いを聞くと社長は笑った。

「勝手ですよね、根拠もないし、手助けもできないのに」

「そう？　ご本人に伝えてみたら？　あなたも子どもを産んでから、だれからもなにも期待されなくなって折れたんでしょう、忘れた？」

あ……！

ローズピンクのカラーグラスの奥で、瞳が細められる。

「なにが人の力になるかは、わからないものよ」

夕方、会社を出た私は、なぜか電車でなくジョージさんの車に揺られていた。後部座席でひざの上にPCをのせ、終わらなかった仕事を片づける。

秋吉さんから返信が来た。

【オッケー、さすが！　あとは任せておいて！】

ほっと息をつき、お礼のメールを書いてPCを閉じた。そしてそっと隣を盗み見る。

「パパなんかクズ……どこまで狭間さんに粘着する気よ……ざけんな……」

舞塚祥子さんが同乗しているのだ。きれいな爪をカチカチと前歯にぶつけ、据《す》わった目つきをしている彼女にはなかなか声がかけづらい。

向かう先は、彼女の父親である舞塚氏の行きつけというレストランだ。定休日である第三火曜日は、たまにこうして彼のためだけに個室が用意されるという情報を彼女が提供してくれたのだ。

「伊丹さん、父が……本当に、なんてお詫びしたらいいか」

ふいに声をかけられ、私は首を振った。

「お父さまのことを、あなたが謝る必要はないと思う」

「……私のことも責めずにいてくれたと丈司さんから聞きました。もとはといえばあの記事が発端なのに……ありがとうございます」

私は再び首を振った。彼女の装いはますます彼女に似合うものになっている。

ジョージさんがルームミラー越しに、私に微笑みかけた。私は彼に尋ねた。

「了は？」

「現地で合流します。さあ、着きましたよ」

車が滑り込んだのは、都心に点在する閑静な住宅街の一角だった。一見普通の民家だけれど、門灯に店の名前が書いてある。

階段を上り、玄関のドアに手を伸ばしたとき、祥子さんがものすごい勢いでそれを開け、中に飛び込んでいった。

「パパー‼」

慌てて追いかけようとしたところを、ジョージさんに止められる。

「最初はふたりで話をさせてくれと言われているんです。あまり緊密な関係の父娘ではないのでね」

「そうか……そうよね」

しかし、そうしている間にも、漏れ聞こえる怒声と物音がどんどん激しくなってきたため、結局すぐに私たちは奥の間に急いだ。

「パパは負け犬よ！　人の粗探しばかりしてるから、だれにも信頼されてない。いい加減それを認めて出直したらどう！」

「未熟な小娘が生意気な口を叩くな」

室内は簡素な和室だった。座卓を前に、スーツ姿の男性があぐらをかいている。年の頃は了のお父さんと同じくらいだ。しかしずっと小柄で、いつも世の中に不平を漏らしているような、余裕のない顔つきをしている。

祥子さんは正面に仁王立ちし、今にもなにかを掴んで投げつけそうに見えた。

「大学に行けば〝お遊び〟、仕事をすれば〝社会勉強〟。とにかく人を下に見たくて仕方ないのよ、そのためなら事実なんてどうでもいいの」

私の横で、ジョージさんが「鋭いなー」と低くつぶやいた。

「お前の場合は事実だろう」

「パパが許してくれなかったんじゃない」

「最後のチャンスと設けてやった狭間との見合いも相手にされんで、すべて親のせいか。親不孝のできそこないが」

口を挟むべきじゃないとわかっていても、耐えがたかった。「あのね……」と喉まで出かかったとき、パシャッと水音がした。

私の足元にも水滴が降りかかる。いつの間にかジョージさんが部屋の奥へ移動し、床の間にあった花瓶を持っていた。花瓶の口からは、ぽたぽたと水が垂れている。

「おっと、失礼」

座卓の中央は水びたしになり、花材が散らばっている。舞塚氏がポケットチーフを取り出し、胸元を忌々《いまいま》しそうに拭った。

「さすが狭間の人間は、礼儀を知らんな」

「それは僕のことでしょうか」

ふいに響いた新しい登場人物の声に、全員がはっとした。戸口に了が立っていた。彼は室内をひとわたり見回してから、闖入者《ちんにゅうしゃ》に目を丸くしている舞塚氏に微笑みかける。そしてなぜかまた廊下に引っ込んだ。

聞こえてきたのは、風変わりな足音だった。二本の足と、杖の音だ。

「それとも、俺のことか」

低くかすれ、年齢の重みを感じさせる声に、一番早く反応したのは舞塚氏だった。座卓をひっくり返さんばかりの勢いで立ち上がり、蒼白になる。

「……狭間！」

了が譲った場所に、狭間拓氏が立っていた。杖をつき、息子が付き従っていなければ倒れてしまいそうな危うさがあるのに、その存在感は室内を制圧した。焦げ茶のスリーピースは痩せた身体から浮き、外套《がいとう》は重そうだ。けれどその目に見据えられた舞塚氏は、射すくめられたように動けなくなっていた。

「好き勝手してくれたな」

楽しそうともいえる口ぶりで、拓氏が言う。

「まあつまらん金のごまかし自体は、この了及び我々の失態だ。しかしまあ、どうせなら粉飾自体もお前が仕込むくらいしてみればいいものを、情報をあちらからこちらへ移しただけでなにかしてのけたつもりか。お前は卑小《ひしょう》だ、昔から」

舞塚氏の顔が、悔しそうにゆがんだ。

「その卑小さが商売にも出ている。お前が生まれ変わらない限り、我々には勝てん」

「わざわざここまで威張りに来たか」

「いやいや」

店員さんが、高さのある座椅子を持って入ってきた。袖机と一緒に舞塚氏の対面に置き、おしぼりとお猪口《ちょこ》、徳利《とっくり》をセットしていく。了に介助され、拓氏はその椅子にゆっくりと座った。

「今日はお前に、引退を促しに来たんだよ」

お猪口を持ち上げ、にやりとする。ジョージさんが徳利を傾け、日本酒を注いだ。

「老兵は去るべきだ。後進に道を譲れ。俺は身体がこうなって、やむなくの引退だったが、この倅《せがれ》や甥《おい》たちがのびのびやっているのを見るのは悪くない」

手でぞんざいに指示された了とジョージが、顔を見あわせちょっと笑う。「だが俺は歩くのもこのざまだ」と拓氏は疲れた息をついた。

「舞塚よ。お前は身体が利くうちに去れ。残りの人生で細君にこれまでの恩返しをしろ。娘や息子を、自由にしてやれ」

祥子さんが、はっと目を見開いた。その目で舞塚氏を見るが、父親は目の前のライバルを睨みつけ、娘の視線には気づかない。

店員さんが再びやってきて、大きくない和室に大人五人が突っ立っているという状況にも眉ひとつ動かさず、濡れた座卓を拭き、食事を並べはじめた。

「お前は卑小だが、腐ったままいっこうにぶれない心根は感心せんでもない。今日は同窓会だ。飲むか」

じっと沈黙したあと、舞塚氏が腰を下ろし、自分の徳利に手を伸ばした。それをさっと引き取り、お猪口に注いだのはジョージさんだった。ひざをつき、お得意の、感じがいいけれど圧のある笑みを浮かべ、舞塚氏を見上げる。

「いずれご挨拶に上がります、お義父さん」

舞塚氏はぎょっとしたように身体を揺らし、それから自分の娘を見た。

「僕はあなたの嫌いな狭間の人間です。お望みでしたら舞塚になりますよ。悪くないお話でしょう?」

返事を待たず、折り目正しい所作で立ち上がると、ジョージさんは「車を回してきます」と私に言って出ていった。

「早織さん」

了のお父さんに呼びかけられ、私は「はい」と慌ててそちらに向き直った。

「来月の株主総会のあとで、グループの幹部……まあほぼ狭間の人間ですが、それを集めた親族会がある。そこで了の結婚披露をします。簡単な会です。ぜひあなたも」

「えっ……」

「父さん、俺、聞いてない」

そばに付き添っていた了が文句を垂れる。「今言った」とお父さまが子どもみたいに言い返した。

「丈司は私が目をかけている甥です。あれが一刻も早く、了とあなたを一緒にしたほうがいいとせっつく。これはよほどのことだと思いましてね」

「ジョージは俺にも、とっとと早織と結婚しろってうるさいからね」

「あいつ自身は、すぐに人をお義父さん呼ばわりだからな！」

元義父である拓氏がくつくつと笑う。私も一緒に笑い、舞塚氏に目を向けた。祥子さんが隣に座って、何事か話しかけていた。仲睦まじくとはいっていないそうだが、険悪そうでもない。

「早織さん、私と家内は十分考えました。倅をよろしくお願いします」

さっきまで、時代の寵児と呼ばれた経済界のトップスターの顔だったのに、今は父親の顔だ。そうすると了の面影がある。私はうなずいた。

「ありがとうございます。こちらこそ、よろしくお願いいたします」

「まだわかんないの⁉　このネズミの脳ミソ親父‼」

怒声が響き渡った。私たちはいっせいにそちらを向いた。祥子さんが徳利を握りしめている。父親にぶっかけるのかと思ったら、なんと一気に飲み干した。

「お兄ちゃんだって、やりたくもない仕事をさせられてずっと我慢の人生よ！　自分の人生にも満足してないくせに、人の人生に口出さないで！」

娘に胸ぐらを掴まれ、舞塚氏は泡を食っている。

「うわ、まずいね」

了が走り出ていった。「ジョージ！」とあせった声が玄関の向こうに消えていき、私は了のお父さんと一緒になって笑った。

「当時、日本でも有数の経営者陣が、次代のトップを育てるために開いてた塾があってね、親父と舞塚さんは、そこの門下生なんだよ」

なるほどね、と再びジョージさんの車の後部座席に収まり、私は得心した。兄弟子だったからこその、あのライバル心なのか。

同じ後部座席で、了が「しかも舞塚さんのほうが先輩」と気の毒そうに言う。

「彼もまた、無意味なものと戦ってたケースね」

「父さんが昔から俺に教えたのは、『最大の敵は自分』『尊敬できない奴をライバルと呼ぶな』だ。ニーチェのファンなのかなと思ってたけど、彼みたいな例をずっと見てきたからかもしれないな」

助手席では祥子さんがぐっすり眠っている。父親相手に吐き出しきって、糸が切れたらしい。ときおり運転席のジョージさんが、彼女にちらっと視線を向ける。

「そうだ、了。これ、速水社長から預かってきたの」

「俺に?」

私はバッグから三つ折りサイズの封筒を出し、了に渡した。眞紀の話をした別れ際、渡してほしいと社長が私に預けたものだ。中身は知らない。

了は不思議そうに便箋を取り出し、熱心に読んだあと、「なるほど」と言った。

「どういう内容？」

「熱烈なラブレター」

「は？」

思わず険しい声になったのは、断じてやきもちを焼いたわけじゃない。わざわざ情報を出し惜しむ必要なんてないでしょと言いたかったからだ。

ジョージさんが楽しげに声をかける。

「ヘッドハントだろ」

「正解。どこからだと思う？」

私とジョージさんは思いつくまま、ライバル芸能事務所やグループ内の企業をいくつか挙げた。「残念、ちょっと方向性が違う」とにやにやして了が公表したのは、この数年、猛烈な勢いで成長し、世界中に事業を展開しているネットワークサービスの会社の名前だった。

「ええっ！　そこと了にどんな関係があるの」

「スカウティングをはじめとした人材コンサルを任せたいって。会社もでかくなると、そういうポジションにスペシャリストを欲しがるんだね。百合さんの人脈もすごいや」

「いい話じゃないか、行ってこいよ」

「考えとくよ」

了は便箋を封筒に入れ、上着の内ポケットにしまった。窓の外を眺め、なにか考えている様子の口元は、微笑んでいる。

私は了の手に、自分の手を重ねた。彼がこちらを見た。

「楽しみね、新しい人生」

会う人会う人を魅了する、人懐こい笑顔が、にこっと弾けた。

＊＊＊

「お話を伺えてよかったです。今後も伊丹をよろしくお願いします」

「ええ、責任を持って活躍の場をご用意します。あなたも心ゆくまで戦って」

眞紀と速水社長が握手をした。

「ごめんなさいね、せっかくの話を」

マノから駅まで、私は眞紀を送っていくことにした。数分の距離だけれど、外は寒風吹きすさぶ冬の空気だ。ひとりで放り出すのは心配だ。

「ううん、速水社長もそこは承知してたから。それでも会いたいって、眞紀に興味を持ってたのよ」

「早織がいい職場を見つけたってわかって、安心したわ」

笑う口元から、白い息が散る。だいぶ大きくなったお腹は見るからに重そうだ。

「了のおかげなの」

「また雑誌を作りたくなったら教えて。そのときまでに、あの会社に女性の居場所を作っておくわ。結婚していようがいまいが、子どもがいようがいまいが、だれにもなにも言わせず、好きなだけ働くことができて、能力を正しく評価される居場所をね」

「とんでもないユートピアね」

「言うだけならタダよ」

肩をそびやかす眞紀の目線は、いつもより低い。パンプスに高さがないからだ。心境の変化なのか、ただ身体の変化に耐えきれなくなったのかはわからない。わざわざ尋ねるつもりもない。

眞紀がやりたいことをできていれば、私はそれでいい。

「じゃあね」

地下鉄の駅への入り口で、眞紀は簡単な挨拶を最後にすたすた階段を下りていった。曲がり角でこちらを見上げる。

「産まれたら連絡するわ」

「シッターサービスが必要なら声をかけて。了がなにか考えてるみたいなの」

いつもクールな眞紀が、くしゃっと顔を崩して笑った。

「活動的な夫婦ね」

「ちゃんと手すりを掴んで下りて。なにがあるかわからないんだから」

「先輩風を吹かせないでちょうだい」

「あなたひとりの身体じゃないのよ！」

「嘆かわしいほどオリジナリティに欠けた台詞だわ」

お互いの姿が見えなくなるまで、私たちはそうやって言いあっていた。

＊　＊　＊

パールのピアスをどこへやったんだったか。

大事なものだから、引っ越しのときも手荷物として持ってきたはずなんだけど……。

アクセサリー入れの中に見当たらない。クローゼットにしまった？

「あった！」

「もー、ちょっと落ち着きなよ、さおちゃん」

昼前からあちこちひっくり返している私に、まこちゃんがあきれている。

「昨日用意しておけばよかった……」

「そんなんじゃ、親族の前でも慌てちゃうよ。一度コーヒーでも飲んでリラックスしなさい」

「はい」

今日は臨時株主総会だ。今頃まさに、了の解任決議が行われ、まあ反対票が大量に入る理由もないから、了はこのまま退任するだろう。

そのあとで開かれる親族会のメインは了のつるし上げらしい。気心の知れた顔ぶれが、『拓の倅がやらかしたぞ、いじろう』と昼食のテーブルを囲むのだ。親族とはいえ各人が会社を率いるトップだ。好意的でありつつ、了を品定めする眼差しは容赦がないはず。了は緊張の面持ちで朝、出ていった。

その中で了の進退に次ぐ大きなトピックが、私との結婚発表だ。とくに挙式や披露宴を考えていなかった私たちにとって、機会という意味ではこの上なく発表に適した場だと、了と話していて気づいた。

べつに私が失態をしでかしたところで、だれが結婚に反対するわけでもないだろうけれど、こういう場での振る舞いは一生の立場を左右することを知っている。多少ナーバスになるのも許してほしい。

「恵は遊んでる?」

「朝ごはんのあと、また寝室でごろごろしてたわ」

遅めの昼食も兼ねた会だそうで、会場は都内のベイエリアにあるホテルだ。まだ出るには時間がある。メイクを仕上げる前に、私はまこちゃんのアドバイスに従い、コーヒーを淹れることにした。

どうやらすっかり緊張している。なにせ結婚なんてはじめてのことだ。キッチンに行き、コーヒー豆の入ったキャニスターを開けようとしたとき、寝室からまこちゃんが私を呼んだ。

「さおちゃん、恵、熱がある!」

……え?

寝室へ走った。声の調子から、ちょっと身体が熱い程度じゃないとわかったからだ。恵はマットレスの上でぐったりして力なく泣いていた。

「恵……！」

「私が病院に連れてくよ。食欲はあったんだよね？　顔色も悪くないし、尿も出てる。ひとまずそんなに心配ないと思う」

「いつも恵は、熱があっても元気なの。こんなにぐったりしてることって……」

「うーん、溶連菌とか、子どもの感染症の可能性はあるね。まずは病院だ。私がみてるから、さおちゃんは自分の支度してて。さおちゃんも大事な日でしょ！」

まこちゃんがてきぱきと保険証や母子手帳を用意する横で、私は呆然と座り込み、恵の汗ばんだ額をなでた。

〝朝ごはんのあと、寝室でまたごろごろ〟

そんなことをしたことのない子だったのに。起きた直後から活発で、昼寝も嫌がる子だ。どうしてそんな予兆を見逃したのか。

自分が忙しかったから。恵が寝ていてくれたほうが楽だったからだ。

「恵……」

こちらに手を伸ばしたので、そっと抱き上げた。小さな身体が、信じられないくらいの熱を放っている。思うように動けないのがもどかしいんだろう、泣きながらぐずっている。

置いていくの？

まこちゃんの言うとおり、今すぐなにかが起こるような症状じゃないのはわかる。子どもがいれば、急な発熱は日常茶飯事だ。大騒ぎする気はない。病院に連れていくのは私じゃなくてもできる。だけど。

この状態の恵を人に任せて、出ていくの？　引っ越してから一度も病院にかかっていない。会ったこともない先生に恵を任せるの？

それでいいの？

恵についていてあげたい。そう思うのは異変に気づけず、普段も仕事でかまってやれない罪悪感からなの？　それとも母として当然持っている責任感からなの？　純粋な愛情からなの？

どうするのが正解なのか。私は自分の責任を果たしたい。でも今、私の成すべきことは二カ所にあって、どちらもはできない。〝代わりがきかない〟のは親族会のほうだ。大事な顔見せの場。行かなかったら了どころか、お父さまの顔にも泥を塗る。

こういうとき、どうやっても考えはまとまらない。ふたつの世界は言語が違う。母親の義務と社会のロジックはまったく異なる文脈で成り立っていて、ふたつを比べてどっちが大事と語ることはできない。

自分が決めるしかない。

選びとるべきほうを。選びとりたいほうを。

それでなにを失うことになるかなんて、だれにもわからないし、私が失うものについて、関心を持つ人もいないだろう。

ずっとそうだった。

〝両方は選べないよ、どちらか一方だ〟と選択を迫られ、片方を捨ててきた。捨てたら〝自分で選んだ道だよね〟と未練を持つことも許されなかった。私の捨てたものは、はじめから分不相応だったものということになった。

やっぱり、これからもこうなのだ。

こんなことで、こんなに悩む母親でごめん、恵。

腕の中の恵を見下ろしていると、涙が出てくる。ごめんね、恵。

そのとき了の声がよみがえった。

――もうひとりじゃないんだよ、忘れないで。

一瞬、その言葉は戒《いまし》めとなって心を責めた。狭間の嫁なんだから、と。だけど了の声の優しさが、そんな意味じゃなかったよと告げた。

まま、と恵の小さな声がする。熱のある身体を抱きしめた。

思い出した。

私はなんのために結婚するのか。

愛の結晶

「ただいまー」

まこちゃんが帰ってきた。一緒に病院に行ったあと、混んでいる薬局で薬ができるのを待っていてくれたのだ。私はリビングにタオルケットを敷いて恵を寝かせ、そばのラグの上で本を読んでいた。

「恵、どう？」

「熱は高いまま。お腹がすいたって言うから、パンがゆを作って食べさせたところ」

「そっか、食欲もあるなら、いいね」

頬と鼻の頭を赤くしたまこちゃんが、コートを脱ぎながら恵をのぞき込む。

「解熱剤も飲ませちゃおうか。楽になるから」

「私、今日は見てられるから、まこちゃんは帰っても大丈夫よ」

「じゃあ、買い出しに行って、夕食の準備したら、そうさせてもらおうかな」

にこっと笑う。時給制じゃなくてよかったと思うのはこういうときだ。日数で計算しているので、仕事がなければこうして、まこちゃんの収入を減らさずに解放できる。

「はい恵、お薬だよ」

　まこちゃんが粉薬をお湯で溶いて持ってきてくれた。恵はコップから上手に飲む。

「恵はシロップにしてもらわなくても飲めるんだね。こういう小さなことが、親って誇らしかったりするんだよねー」

　私は恵の口の周りを拭きながら、「わかる」と同意した。布巾をゆすいでこようと腰を上げようとしたら、恵が珍しい金切り声をあげて嫌がった。

「あらら、具合が悪くて不安なんだね。私が行くよ」

「ありがと、ごめんね」

「やっぱり私、ずっといようか？　それじゃさおちゃん、動けないでしょ」

　まこちゃんに布巾を預け、私は考えた。たしかにいてくれたら心強い。だけど恵も、薬が効いてきたら眠るだろう。私もべつに、疲れていないし……。

「了さんの帰りはいつなの？」

「さあ……」

　昼食会自体は一時間半ほどで終わるはずだけれど、そのあとどんな流れになるかわからない。私自身はすぐに帰ってくるつもりだったから、了の予定をとくに気にしなかった。私たちはいまだにお互い、相手のスケジュールを把握することに不慣れだ。

まこちゃんが私の肩を優しく叩いた。

「だれもさおちゃんを責めないよ。もし責める人がいても、さおちゃんは自分を責める必要はない。私はさおちゃんの味方だからね」

「……うん」

力なく笑う私を、まこちゃんはぎゅっと抱きしめ、キッチンへ行った。

三十分ほどすると、恵はぐっすり眠った。ずっと身体を丸め、落ち着かなそうに体勢を替えていたのが、今は大の字になっている。楽になった証拠だ。ほっとした。

「まこちゃん、やっぱり私だけで大丈夫そう」

「ほんと？　じゃあこれ仕上げたら失礼するね。家にいるから、なにかあったら呼び出して」

いい匂いがリビングを満たしている。まこちゃんの作る家庭料理の匂いだ。私は昔からこの料理で育った。

まこちゃんが帰ると、家の中はしんと静かになった。

私は再び本を開いたものの、内容はまったく頭に入ってこなかった。

昼食会に行かなかったことは、正しかったんだろうか。了に恥をかかせなかっただろうか。お父さまの面子《メンツ》をつぶさなかっただろうか。

恵はとくに病名のつく症状ではなく、喉を楽にする薬と解熱剤を処方された。結果的にはやっぱり、私はいなくてもよかったのかもしれない。

たとえば昼食会のだれかに子どもの容態を聞かれたとして、ただの熱です、と答えることは、どんな反応を引き起こすんだろうか。いっそもっと重篤な病気なら、と一瞬考えた最低な自分は、たしかに存在する。

――帰りたいから帰るんじゃない、帰らなくちゃいけないから帰るの。

以前はああ言ったくせに、今は逆だ。恵のそばにいたかったから、昼食会を放り出した。いる必要があったから、とは言いきれない。

都合でころころ言いぶんを変える。煙たがられて当然だ。祥子さんが言っていたとおり、子どもを言い訳にすれば、だれも私を責められない。たとえ私が義務から逃れ、さらに批難からも逃れることで、二重に苦しんでいたとしても、それは他人には関係ない。〝優位〟に立つ切り札を持っているのは、たしかだ。

だけどこうして恵の寝顔を見ていると、ついていてあげることができてよかったと心底思う。少しでも私がそばを離れると、恵は敏感に察知し、私を求めて手を伸ばす。これに応えられるのは私だけなのだ。

社会の中の自分と母親としての自分。胸に満ちる慈愛の心と、襲いかかる重圧。

ふたつの世界。

でもね、恵。私、思い出したんだよ。

了と結婚しようと決めたとき、一番に考えたのはもちろん恵のことだった。まこちゃんは、私が結婚したいかどうかが大事だって、問題をシンプルにしてくれたけれど、あのあともずっと考えていたの。

恵に父親を作ってあげたかった。それは私自身が持てなかった、欠けているところのない家庭を恵にあげたかったからでもある。だけど同じくらい大事な、もうひとつの思いがあった。

それを今頃思い出したんだよ、恵。

私は子ども特有の、三角に尖った唇を指でなで、屈んで頬にキスをした。

「ママの一番は、恵よ」

「じゃあ俺の一番は、早織だ」

はっとして振り返った。戸口に了が立っていた。

車で行ったため、コートは着ていない。スリーピースの上着を片手にかけ、もう一方の手に鞄を持っている。両方をダイニングチェアに置き、こちらへやってきた。

「具合、どう?」

「今、薬で熱が下がったところ」

「よかった。なんだったの?」

一瞬、自分の目が泳ぐのを感じた。

「あの、なんでも……ただの熱だって」

言い訳するような気持ちで伝える。了はうれしそうに笑った。

「そっか、怖い病気じゃなくてよかったね。ママもいてくれて、安心だったね、恵」

泣きそうになった。

「ごめんなさい、昼食会……どうだった? 総会の結果は?」

「後任の選任も含め、つつがなく承認されたよ。昼食会も無事終了。みんな早織に会いたがってた」

了がネクタイをほどきながら、私の隣に腰を下ろす。私は聞き返した。

「会いたがってた?」

「うん。年明けあたりに私的な催しがあるかも。恵も連れて挨拶に行くことになりそう。これぱっかりは永遠には避けられない。がんばろう」

ねー、とささやき、恵の頬に口づけする。よく似た目元が向かい合うのを見つめながら、私は言葉を選んだ。

「その、子どもが熱を出したくらいでとか、言われたりは……」

了はぱっと身体を起こし、私を振り返った。目を合わせ、にっこり笑う。

「うちはマノみたいな会社を傘下に持って、そこにあんな有能な女性社長を置くグループだよ」

「あ……」

「グループじゅうで女性が活躍してるから、父さんをはじめみんな、優秀な女性を部下や同僚に持った経験がある。早織の心苦しさを理解してたよ。それで俺、そばにいてやれって宴会を免除されて、早く帰ってきたんだ」

手が伸びてきて、私の頬をなでた。

「休むって決めたとき、勇気がいったよね。決断を任せちゃってごめん」

「ううん……」

「それに、俺も朝、恵の様子を見るべきだった」

反省するように、了の目が下方に落ちる。それから彼は苦笑した。

「こういうときは〝休むべきだ〟って決まっていれば楽なのにね。親は自分で決めなきゃいけないし、そうすると今度は、〝好きで休んでる〟って目で見られる」

肩をすくめ、「今日気づいたよ」としょげた声を出し、また私を見る。

「これが早織が戦ってたものなんだね」

——私、思い出したの。

結婚することで、なにが欲しかったのか。

了が首をかしげ、不安そうな表情で尋ねる。

「がんばったね、っていう言葉は、うれしい?」

了がいてくれたら、私は自信を持って、恵を愛せると思ったの。人の目を気にして、小さくなってばかりで、戦う気力も逃げる気力もなくして。そんな自分から解放されて、自由になれると思ったの。

だれかがすぐそばで、私を一番に愛してくれたら。私は強くなって、そのぶん思いっきり恵に愛を注げると思ったの。

涙をこぼした私を、了はなにか誤解したようだった。「えっ、ごめん」とうろたえた声をあげ、指で頬を拭う。その温かな手を握った。

「早織……?」

「うれしい」

「え?」

涙は止まらず、了の手も濡らす。子どもみたいに目をぎゅっとつぶって泣いた。

「すごくうれしい」

了は、少しの間なにも言わなかった。やがて、腕が背中に回り、ゆっくりと私を抱き寄せた。

「がんばったね」

ぽんぽんと背中を叩き、頭をなでてくれる。

しがみついて泣いた。

「ずっと、よくがんばったね」

これが欲しかったの。やっと手に入った。

私は強くなれる。

「さあ、これで晴れて無職な俺です」

家事育児するぞ、と張り切る了に、それじゃまこちゃんが職を失ってしまう、と私は懸念を表明した。まこちゃんが作ってくれた夕食をつつきながら、「大丈夫、ちょっとの間だけだから」と了がうなずく。

「来年から新しい仕事をはじめるよ。それまでも、家にいるとはいえ残務整理があるし、真琴さんには変わらずお世話になる」

「仕事って、なにするか決めたの？」

「ジョージのところで働かせてもらうことにした」

「そうなの！　ほかから声がかかってたのは？」

了は無言でにこにこして、首を横に振った。

「俺ねえ、大学出てすぐソレイユに入ったんだ。まあ跡継ぎって立場も意識してたんだけど、それ以上にね」

妙に満足そうに、お箸を口に運んで微笑む。

「経営者、狭間拓をすごく尊敬してるんだよね」

私はお疲れさまの意味を込めて、彼のために用意しておいたワインをグラスに注いだ。恵も寝込んでいるから、ほんの少量、気分だけだ。

「そうだったのね」

「大ファン。本人には言ってないけど。俺、本書けるくらいあの人の経営精神を勉強してるよ。だからできたら、それを感じられる場所を離れたくない」

ようやく納得した。了は素直だけれど、挑戦心も冒険心もある。ただ跡継ぎだからという理由だけで親の会社に居つくタイプじゃない。どうしてソレイユにいるのか、じつは不思議だったのだ。

「できたら現場に放り込んでほしいんだよね。貴重な機会だから」

「実現には、狭間了であることが邪魔をしそうね」

「そうなんだよ」

残念そうに眉尻を下げてはいるものの、やっぱり楽しそうだ。悔しさも無念さもあるだろうに、それを胸にしまって、明るい部分を探して歩ける。これは了の強さだ。

「楽しめるといいわね」

「うん。働いてるうちに、また別の将来も見えてくると思う。そうしたら早織にも相談するよ」

「ひとりで決めてもいいのに」

私はべつに、なんでも話せと迫るタイプじゃない。了も知っているはずなのに、と首をひねると、了が笑った。

「自分で決めるけど、早織ともシェアしたいよ。家族ができても、俺がこんなふうにやりたいことをできるのは、早織のおかげだもん」

「えっ？」

「早織が同じ目線で、楽しみだね、がんばってねって言ってくれるの、俺ほんと好きなんだよ。幸せだなあって思う」

あきれるほどのまっすぐさだ。だけど今は、あきれより胸の熱さが勝る。私もそんなふうに、了になにかあげられていたのなら、うれしい。

私は「今日ね」と切り出した。

「思ったの。妻は家にいるべきだとか、昔からある風潮は、それはそれで根拠があったのかもって」

「ん？」

社会とつながりがある以上はどうしても、そこでの立場を気にする。白い眼で見られることを避けたかったら、一番楽なのは、子どもの健康や安全を無視することだ。たとえば今日だったら『この子は私がいなくても大丈夫』と思いさえすればいい。子どもは声をあげない。社会での義務を果たしたことで、親はだれからも非難されずに済む。

「そんなふうに優先順位を間違わないように、母親は社会から切り離すべきだって、考えられてたんじゃないかなって」

「そんなことないよ。今の時代に専業主婦の奥さんを欲しがる目的は、自分の身の回りの世話をしてほしいってのが大多数だろうし、切り離したデメリットはまったく検証されてない」

了って冷静だ。ここまで気持ちよく否定されると、たしかにそうかもと思えてくる。罪悪感というのは目を曇らせるみたいだ。

「そっか……」

「ま、人それぞれだろうけどね。要するに、みんな好きにすればいいんだよ。で、人が好きにしてても気にしない。ある程度の迷惑はお互いさま。それだけ」

「そんなおおらかな世界、想像がつかない」

「ちょっとずつでも変わればいいよね。恵が同じつらさを味わったら嫌だ」

本当にそうだ。むしろ変えていくのが大人の役目か。

ふと、いずれまた眞紀と働く未来が見えた気がした。

＊　＊　＊

週末、私は元気になった恵を了に任せて出かけた。髪を切ることにしたのだ。

長くお世話になっている美容師さんにお願いし、耳の下までのボブにしてもらった。

似合う似合わないは他人の評価に任せるとして、自分としては気に入った。そしてすばらしく軽い。

「ただいま」

「お帰り、早かっ……」

家に帰ると、ちょうど了が玄関を入ってすぐの廊下にいて、出くわした。私を見て言葉をなくしている。髪を切ることを言っていなかったのだ。

「どう?」

「あの……すごくいいよ、いい。すごく」

それが、もととはいえ芸能事務所社長のコメントだろうか。私が唖然としていることに気づいたらしく、了が慌てた。

「似合ってる。顔が明るく見えるし……その」

それからなぜか、ふわっと耳を染める。

「かわいいよ。俺は好き」

「ありがと。恵は?」

いつもなら転がり出てくる小さな塊《かたまり》がないのを不思議に思いつつ、パンプスを脱ぐ。了はなぜか、まだ赤い顔で目を泳がせていた。

「あの、真琴さんに連れ出してもらったんだ。真琴さん、すごいね、このあたりの公園とか児童館とか、もうめちゃくちゃ詳しいの」

「根がまじめで優しいんだよね。ほかのお母さんとの交流までしてくれてる。まこちゃんが恵の母親だと思われてるかも。ところでどうして連れ出してもらったの？仕事、忙しいの？」

言ってくれたら髪を切るくらいで出かけなかったのに。了は「ううん」と首を振った。途方に暮れたような顔で佇んでいる。

「早織とふたりで過ごそうと思ったんだ」

コートを脱ぎかけ、私は動きを止めた。視線を受けて、了が早口になる。

「べつに、変なこと考えてたわけじゃないんだよ、たまには数時間くらい、そういう時間があってもいいかなって思っただけだったんだけど……」

「だけど……？」

了は困り顔で、答えない。私は戸惑った。

いつそのときが来るのか、考えなかったわけじゃない。だけど家の中にはいつも恵がいて、あの子の気配がある間は、私の中の母親スイッチは常にオンなのだ。

恵と同じ空間で女にはなれない。

退任までの了は再び多忙を極め、寝るタイミングも起きるタイミングも別。一緒に寝ていた感覚すらほとんどない。夫婦ってこういうもので、いずれ、たまたまふたりきりになったとき、昔みたいな関係に戻ったりするのかなと想像していた。

それが、いきなりこれ？

「あの、了、私……」

「む、無理しないで。嫌なら言って。義務感とかでするものでもないし」

「嫌なんかじゃ……」

「出かける？　どこかでゆっくりお茶飲む時間くらい……」

「了！」

私の声に、了は目を大きく見開いて、「うん」と言った。今度は私が目を泳がせる番だった。脱いだコートを抱きしめ、言葉を探す。

「私、子どもを産んだの。産んで、育てたの」

了がぽかんとしたのがわかった。

「うん……？」

「服を着てたらわからないと思うけど、やっぱり昔の私とは違うの」

これを認めるのは自分でもつらい。私も女だ。

「了をがっかりさせるかもしれない」

声が震えた。思っていた以上に、そのことを気に病んでいたんだと気づいた。

はじめて肌を重ねたときから、三年たっている。その三年の間に、私の肉体は、人生でもっとも大きな変化を経験した。

了の静かな声がした。

「絶対しない」

手が、切ったばかりの髪をなで、頭のてっぺんに優しいキスが降る。私は無言で首を横に振った。了はあちこちにキスをしながら、私を抱きしめた。

「俺、早織に嘘ついたこと、一度もないよ。失言はあるけど」

了の匂いに包まれる。そういえばいつの間にか、家の中にあるのがあたり前になって、きっと自分にも溶け込んでいる匂いだ。

「がっかりなんかしない。信じて」

「見てみなきゃわからないよ」

駄々をこねる私を、了が笑う。髪の短さをおもしろがっているみたいに、何度も指を通しては、頬や耳にキスをする。その唇が、私の唇のすぐそばにやってきた。

「じゃあ、見せて」

私は嫌ともいいとも言わなかった。了の熱っぽいキスが、それをさせなかったからだ。最初から唇は深く絡み、もうどんなにためらいを見せたところで、了に引く気がないのがわかった。

いつもの寝室。恵の匂いもする。だけど一度押されたスイッチが、もとに戻ることはなかった。抱き合って倒れ込み、ひたすらキスをした。

了がシャツを脱ぐ。そういえば私たちは、同じ家で暮らしながら、肌を見せることもなく、無意識に気を使って過ごしていた。

もしかしたら、一度見てしまったが最後、火がついてしまうのをわかっていたのかもしれない。

再び倒れ込んでくるきれいな身体に腕を回して迎えた。了の手が私の身体の形を確かめるように、服の上からじっくりと這う。やがてブラウスのボタンが、ひとつ、ふたつとはずされた。

厚いカーテンの隙間から、昼間の光が差し込む。開け放したドアから廊下の明るさも入る。照明はつけていないけれど、お互いの姿はよく見える。

身体を覆っていた最後の布が、腿を伝って足先から抜かれたとき、私は震えていた。こんなに自信のない状態で、だれかの前に身体を晒《さら》すなんてはじめてだった。

了は私の顔の両脇に手をつき、じっと見下ろしていた。

思わず身体を隠そうとした私の腕を、ぱっと掴み、シーツに押しつける。

「やっぱり俺の言ったとおりだ」

「え……？」

憎らしいほど三年前と変わらない顔が、満足そうに笑った。

「全然がっかりなんてしないよ」

一度心を開いてしまえば、あとはもう堕《お》ちるだけだった。了の指に、唇に、執拗《しつよう》に追い立てられて、声をあげる。自分の身体が、今でもこんなに反応することが不思議だった。それどころか……。

「――あ！」

ひと際大きな叫び声に、自分でびっくりした。了も驚いたようで、一瞬目を見開き、すぐになにかを心得たような顔つきになり、また私を責める。

私は何度か立て続けに悲鳴をあげさせられ、最後にはたまらなくなり、シーツを握りしめた。

「ふうん……」

了はなにか発見でもしたように、しげしげと私の顔を見つめ、濡れた指をなめている。あまりそういう露骨な仕草をする人じゃないと思っていただけに、愕然として、心臓が鳴った。だけど息が上がっていて文句の言葉も出なかった。

「なに……」

尋ねようとした声は、途中で飲み込むはめになった。了が私の脚を持ち上げ、身体を重ねてきたからだ。

私を不安が襲った。変化していないわけがない。

だけどすぐにそれどころじゃなくなった。ふいに強烈な感覚が全身を走り、私は了にしがみついた。

「おっ？」

「了、なに？　なにしてる？」

「べつに、普通だよ、前と変わらないよ」

了は片手をシーツにつき、もう片方の手で私を抱き寄せるようにして揺さぶった。

悲鳴を飲み込んだ。そして了のこの体勢の意味を理解した。私が逃げようとするのをわかっていたのだ。

「了……了！」

「大丈夫だよ、そのまま感じてて」

声は優しいくせに、身体は容赦ない。全身から汗が噴き出して、視界がぐらりと揺れた。どうしてだろう、前はこんなじゃなかった。

「わ、私、どこか違う？」

「んー……、うん」

なにかを確認しているかのような了の様子は、私を怯えさせる。了はすぐにそのことに気づき、「いい変化だよ、少なくとも俺にとっては」とにっこりした。

「たとえば、ここ」

「あ！」

目の前で、白い光が弾けたようになって、涙が浮かんだ。身体の奥の、どことも言えない場所から広がる甘い痺《しび》れに、背中をそらしてじっと耐える。了が励ますみたいに私の顔にたくさんキスをした。

「前はちょっと痛がってたのにね」

「やめて、やめて！」

「やめない」

くり返し揺さぶられ、頭がおかしくなりそうだった。ぎゅっと閉じていた目を開ける。霞《かす》む視界の中、微笑む了の瞳には、からかいの色が浮かんでいるとばかり思ったのに、実際には、熱を宿した余裕のない眼差しがあった。

「今の早織を全部確かめるまで、やめないよ」

キスも熱い。呼吸すら確かめようとするみたいに。

汗で濡れた了の身体に、ずっとしがみついていた。了は私を抱え込むようにして、全身で抱きしめた。両手を私の頭の上で組み、その中でキスをする。

それは逃がさないよ、と言っているようでもあり、ここにいればいいよ、と安心させているようでもあった。


何度悲鳴をあげたかわからない。

私が指ひとつ動かせず、ぐったり横たわっていると、了が戻ってきた。いなくなっていたことにも気づかなかった私は、重い瞼を持ち上げた。

「試しに家に連れてってみたら大丈夫そうだから、今日は泊めるって、真琴さんから」

下着姿の了が私のそばに腰を下ろし、ペットボトルの水を飲んだ。身を屈め、私に口づける。冷たい水が喉に転がり落ちてきた。

口からこぼれたぶんを、了がなめる。顎、首、……胸元。

「もう無理よ」

「それが言えるうちは平気だよ」

「了ってそんなしつこかった？」

思わずにらんだけれど、了にこたえた様子はない。

「早織が俺のなにを知ってるの」

「なにって……」

「俺たち、一度しかしてないんだよ。まあ、なにを一度というか難しいけど。少なくとも、ひと晩しか一緒にいたことないんだ」

隣に寝そべり、腕に頭をのせて、了は私の顔をのぞき込んだ。

「これからいろいろ探すんだよ。楽しいよ。知ってる？　身体ってね、相手をおぼえるんだ。形もだし、タイミングとかくせも。ひとりの相手とたくさんすると、どんどん相性がよくなってくんだよ」

「経験談？」

「違うよ！」

ふくれた声を出す、了の耳が赤らんだ。どうだか。まあいい、過去はどうあれ、この先もう、了が私以外のだれかをこうして抱くことはないのだ。

不思議な感じだ。私はこれから生涯、了としか抱きあわない。了も私だけ。なにが起こるかわからない人生で、それだけは決まった未来。

「安心する……」

「俺のあげたペンダント、まだ持ってる？」

急に話題が変わったので、私は目をしばたたいた。了が指先で、私の鎖骨の中央をくるくるとなでる。ちょうどペンダントトップが来るあたりだ。

「……うん」

「どこにある？」

私はクローゼットを指さし、「下の引き出し」と伝えた。了がそこへ行き、ビロードの箱を手に戻ってくる。

「ずいぶんすぐ出せるところにしまってあるね」

「うるさいな」

「つけてあげるよ、いい？」

「いきなりどうしたの？」

片腕をついて、重たい身体を起こした。了が金具をはずし、私の首に両手を回してペンダントをつける。うなじに手が触れて、髪を切ったことを思い出した。

「うん、似合う」

了はうれしそうに目を細める。チェーンが短いので自分では見えない。私は指で探って、小さな石が胸元にあることを確かめた。

「今度、指輪も買おうね」

「そうね」

「結婚しよう、早織。三度目の正直だ」

私は笑ってしまった。そういえば、そんなにチャンスが流れたっけ。了も笑い、私の唇に軽く口づけた。唇は離れてからも、すぐそばに留まったまま。至近距離で視線が絡む。汗で冷えた肩を、了の温かい手のひらが包んだ。

「俺たち、ずっと一緒にいるんだよ」

「うん」

もう一度キス。今度は強くお互いを触れあわせる、身体が熱くなるキスだ。

「愛してる」

了がささやき、私を抱きしめた。私たちはまたシーツの上に倒れ込み、転がりながらさんざんキスをした。どれだけしても足りなかった。

愛してる。

どこにそんな体力が残っていたのか、再び抱きあううち、何度も了はささやいた。

そのたびに、心と身体のどこかが、少しずつ埋まっていくのを感じた。

「どうして泣くの」
心配そうに了が聞く。熱い吐息。揺れる声。
返事が言葉にならなかったので、必死でしがみついた。
ありがとう。大好きよ、了。愛してる。
離さないで。
それが伝わったのか、了は夜通し、かたときも私を離さず抱きしめて。
私が欲しかったものを注ぎ続けてくれた。

Born to be…

　ボアの上着で着ぶくれた恵が、広場の石畳の舞う枯葉を追いかけている。

　二月の区役所は静かで、おっとりとかまえた佇まいが、新たなはじまりの日にはちょうどいいのどかさだと感じた。

　一時間半ほど前、三人でここの入り口をくぐったときと、なにひとつ変わらない自分であるようでいて、別人になった気もする。

　たかが紙切れ、されど紙切れだ。

　スーツの上に黒いコートを羽織った了が、恵を見守りながら、白い息を吐いた。

「仕事は伊丹の姓で続けるの?」

「うん。次に会社を移るときが来たら、そのときに狭間を名乗るかもしれない」

「長い道のりだったなー」

　解放感たっぷりに、了がうーんと両手を上げて伸びをする。「どこから数えてるの?」と尋ねると、「そりゃあもちろん」といたずらっぽく笑んだ。

「俺が男らしく熱烈なアプローチをはじめた、四年前から」

今思い出しても恥ずかしくなるような、あの純情な歩み寄りが？

私の怪訝そうな声は無視し、了は「おいで」と恵を招き寄せた。転がるように駆けてきて、「だっこ」と両手を広げた恵に、了は微笑みかけ、首を振る。

「抱っこはちょっと待って」

そしてコートのポケットを探り、小さな箱を取り出した。ビロードのアイスブルーの箱を、私に向けて開いてみせる。銀色の指輪がふたつ並んでいた。

「いつの間にできてたの？」

「気づかなかったでしょ」

ふふ、と得意げに笑っている。年明け、了の両親や親族に挨拶を済ませたあとオーダーした指輪だ。私にばれないよう、こっそりお店に受け取りに行っていたらしい。

「はめてあげる。手を貸して」

私は左手を出した。了がその手を取り、さっと指にキスをしてから、指輪をはめる。

緩やかなカーブを描くプラチナの指輪は、当然ながらぴったりで、ただの装飾具ではない、独特の雰囲気を手に与えた。

「眞紀がつけてたの、よく見てたの」

「結婚指輪って、夫婦の趣味が出ておもしろいよね」

「私もつけてあげる」

私たちを恵が興味津々に見上げている。そんなに観察する機会もなかった了の手が珍しくて、指輪を通したあとも、長くて男らしい指やきれいな肌をじっくり眺めた。

同時に自分の手も目に入った。

短く切った爪。指輪の存在がますます、〝あなたが女として戦える期間は終わりました〟と告げているような気がする。

「今の私、了から見て、どう？」

「きれいだよ」

「そういうんじゃなくて。いつもみたいに分析してよ」

了は苦笑し、私の手を握り返して、少し考え込む様子を見せた。

「くつろげる場所をみつけて休戦中。でもいつか戦場に戻るのもいいって爪を研いでる。昔の自分とは違うってわかってる。なくしたものもあれば手に入れたものもある。今はその整理をしてる」

「それ、ほんとに外見だけを参考にしてる？」

知りすぎていてずるいんじゃないだろうか。了は「もちろん、してるよ」ともっともらしくうなずいた。

「最近は、大事な人から愛されて、すごく満たされてるってこともわかる」

「外見から？　嘘ばっかり！」

手を振りほどいた。了は楽しそうに笑い、恵を抱き上げた。

「さあ、ごはん食べに行こう。恵、なに食べたい？」

「まこちゃんのオムライス」

実現不可能な願いに、そうかー、と了が困り顔になる。バースデーパーティにまこちゃんが作った特大オムライスが、恵は忘れられないのだ。

「まこちゃんが聞いたら喜ぶわ」

「恵、違う人が作ったオムライスでもいい？」

恵はよく意味のわかっていない顔で、「いい」とうなずいた。私たちは駐車場に向かって歩き出した。

「こっちが暖かくなったら、母が了に会いに帰ってくるって」

「俺に？　早織と恵じゃなくて？」

「了によ。興味を持ったみたい」

ようやく返信が来たのだ。そこに書かれていた電話番号に、半信半疑でかけたらかかった。恵の存在を知らせると、母は『やだ、言いなさいよ』と驚き、子ども服をどっさり送ってきた。

そのほとんどが、季節とサイズを鑑《かんが》みると恵には着る機会のないものばかりで、母の子育てへの無関心さを表していたけれど、不思議と祝福の気持ちは伝わってきた。私も大人になったのかもしれない。

了は、ふうんと相槌を打ち、恵を片腕に抱え直す。

「楽しみだね」

「そうね」

まこちゃんは会いたがらないかと思ったのだけれど、『ほんと？　日程調整しよう』と笑っていた。

いわゆる〝変わった子〟だったまこちゃんにも母は無関心で、疎みはしない代わりに、かばうこともなかった。長く会っていなかったせいで、互いに抱いていた感情を忘れてしまったのだろうか。

いや、もしかしたら、感情そのものが変化したのかもしれない。川底を転がる石が、次第に丸くなるみたいに。

「んっ、ちょっとごめん。……はい」

了が恵と自分の間に手を突っ込み、携帯を取り出した。

「どうしたの。うん……前に聞いた件だね。うん、わかるよ、でもね……」

携帯に手を伸ばす恵を引き取った。了があいた手で、ごめん、というジェスチャーをする。話しぶりからして、インターナショナルのマネージャーか、所属タレントからだと思われた。

最近この手の電話がよくかかってくる。新しい社長がみんなと合わないらしい。新社長はグループの別会社から連れてこられた門外漢だ。経営だけする約束だったのに、マネジメント業にも手を出しはじめて現場は大混乱とのこと。眞紀からも『噂を聞くわよ、大丈夫なの？』と連絡が来たくらいだ。

「はーっ……」

「人気者は大変ね」

疲れた顔の了は、携帯をしまい、困ったように笑った。

彼のところには『戻ってきてほしい』という泣きつきが絶えない。了は悩んでいる。新しい仕事にも集中したいし、人が入れ替わったあとは少なからず摩擦《まさつ》が起こるもので、そこを乗り越えることも当人たちに必要な試練だとわかっているからだ。

「今の社長さんがね、ついにスカウティングにまで手を出したらしくて」

「事務所の名前を使ってお気に入りの芸能人でも引っ張ってきた？」

まさしく、と了が肩を落とす。

「さっそく研修中に逃亡したって」

「評判のいいインターナショナルも、終わるかもね」

ふたりで苦笑いするしかなかった。ソレイユも、どうしてそんな人を了の後任に据えたのか。一刻も早く、失ったものの大きさに気づくといい。

「戻るの？」

「うーん……グループの意思もかかわってる部分だし、そう簡単にはね」

「好きなだけ悩んだらいいいんじゃない」

時間はたっぷりある。求められて戻るのもいい。新天地で自分の力を試すのもいい。了が納得して選んだ道なら、必ずサポートしてみせる。

私も学んだ。どんなに険しく理不尽な道のりだろうと、ひとりでも理解してくれる人がいれば、心は折れずに済む。

たったひとりでいい。『よくがんばったね』と抱きしめてくれるだれか。

ん、と了がこちらに両手を差し出し、恵をよこすよう催促する。私は恵に尋ねた。

「パパのところ、行く？」

了の目が大きく見開かれたことには、気づかないふりをする。

恵は私と了を見比べ、にっこり笑って父親のほうへ身を乗り出した。

「パパ！」

冬の白い日差しが、私たち家族三人に優しく降り注いでいた。

特別書き下ろし番外編

なくならないもの

「恋人を作っちゃダメって言ってるんじゃないんだ。ただ、ファンに対しては伏せてほしい。契約のときにも、そこは事務所がコントロールするよって話したよね」

言いながら、了は周囲の視線が気になり、場所を変えるか悩んだ。

ソレイユ・コーポレーションのエントランス・ロビーに設置されているカフェ。質の高いバリスタをそろえているため、来客がこぞってここでコーヒーを飲みたがる。しかしセキュリティエリア内とはいえオープンなスペースであるため、相手がＶＩＰだったりすると、ホスト側は気を使う。

了の対面に座っているのは、ソレイユ・インターナショナルに所属しているモデルだ。十四歳から活動しており、十八歳になったばかり。ファッションモデルとしては小柄で、その親しみやすい容姿が受け、最近はテレビＣＭも途切れず契約がある。

モデルとしては親しみやすいとはいえ、常人離れした小さな顔と長い手足は日常の風景にはやはり溶け込まない。そばを通る人がたびたび二度見していくのを、了はひやひやしながら見守っていた。三十分ほど前、アポもなしに了を訪ねてきた彼女が、ここでコーヒーを飲みたいと希望したのだ。

「でも、事務所のほかの子はSNSで彼氏自慢してます」

「それは売りかたがきみとは違うからだ。あのね、誤解を恐れずに言うと、きみはインターナショナルの商品なんだよ。モノだって意味じゃないよ？」

まだあどけない顔立ちの少女は、こくんとうなずいた。

「商品価値に傷がつかないかぎり、プライベートは自由だ。なにをしたら傷がつくかは商品によって違う。きみの場合、彼氏がいると触れ回るのはマイナスなんだよ。だから僕たちは止める。きみのブランドイメージと、事務所の利益を守るためにね」

十歳以上も離れていれば、価値観も世界の見えかたも違う。この説明でわかってもらえるだろうかと丁寧に話した。

突然、少女の目に涙が浮かんだのを見て、了はぎょっとした。

「戻ってきてください、狭間さん」

「それは、僕の一存ではどうにも……」

「狭間さんじゃなきゃ嫌です。狭間さんだから私、あのとき全部ゆだねたのに」

誤解を招く言いかたはやめてくれ。

弁解する相手を探すような気分で、了は思わず周りを見回した。

とあるコンテストで落選した彼女に声をかけたのは了だ。『小さな事務所だけど、必ずきみを一流のモデルにしてあげる』と約束し、実現した。

だから彼女の言葉はうれしくもあるが、いかんせん場所と表現が……。

「戻ってきてくださらないなら、私が行きます！」

「でも俺、今の仕事、事務所と全然関係ないんだよ……」

「私のこと、大切だって言ってくださったじゃないですか！」

言ったよ、言ったけど……。

本格的に泣きだした彼女をなだめようとしたとき、カフェとロビーを仕切る低い衝立の向こうに、見知った顔が見えた。了は自分のほうが泣きたいと思った。

なんで今かな。

衝立越しに了たちを興味深そうに観察しているのは、早織だった。


「なにを振り回されてるのよ」

腰に手をあて、あきれ声を出す早織に、了は反論できずうなだれた。

モデルの少女はなだめてタクシーに乗せてきた。あとで、ちゃんと事務所に帰り着いたか確認するつもりだ。

「面目ない……」

「社長じゃなくなったとたん、所属モデルの扱いかたまで忘れちゃったの？」

「いや、場所がね……」

「ちょっと待って。受付にこれ、預けてこなきゃいけないから」

早織はマノの社名が印刷されたA4サイズの封筒を掲げてみせ、背後の受付に行くと、すぐに用事を済ませて「舞塚さんのシフトじゃなかった、残念」と戻ってきた。

マノの社長、速水百合はソレイユ本体への届け物があるとき、よく早織をよこす。忙しくしている了と早織に、会う機会を作ってくれるのだ。そういうときはありがたく、ふたりの時間を過ごすことにしている。

「私もここでコーヒー飲みたい。いい？」

「もちろん」

了は早織をテーブル席に案内し、コーヒーをふたつオーダーした。

「で、場所がどうしたの？」

「いや、俺、この会社にいるときはさ、なんていうか」

「御曹司？」

言われるたび複雑な気持ちになる言葉を、早織はズバッと口にした。

インターナショナルでは事務所のトップでいられた。だがソレイユ本体にいるときは、すべての裁量権を持っているわけでもなく、なにかを代表しているわけでもない。それでいてグループの総帥の息子という、始終注目を浴びる立場でもある。

「それで調子が狂っちゃったの？　だめねえ」

「ここまで来たことにも驚いたし、まさか泣かれると思ってなくて」

「気になるわよね、ちゃんとしたマネジメントを受けてないとしたらかわいそう」

「そこなんだよ」

インターナショナルを解任されてから半年。新社長のやりかたが合わないというぼやきは途切れることなく了の耳に入ってくる。

「さっきの子も、だれからも納得のいく説明をもらえなかったらしい。こういうことがあるから、テレビの仕事は慎重にならないといけないんだけど」

「気の毒に。手を打たないと、いい人材ほどよその事務所に行っちゃうわよ」

「俺が手を打っていい立場なのかどうか」

「ほかにできる人がいないなら、了がやるべきよ」

早織はきっぱり言った。

コーヒーが運ばれてきた。早織がカップを口元に持っていき、香りを確かめて満足そうに微笑む。つられて了も頬が緩んだ。

「ポリシーも含め、引継ぎしたんだけどな」

「トップの引継ぎって厄介よね。前任に倣う義務が後任にないから」

「それで組織が振り回されるのはもったいないないよね」

早織がふと顔を上げ、了をじっと見つめた。

「そうね。もったいない」

噛みしめるような、しみじみした口調だった。

彼女も長く組織で働いてきた人間だ。振り回され、残念な思いをした経験があるに違いない。そう考えながら、了は先ほどに続き二杯目のコーヒーに口をつけた。季節は初夏だがオフィスビルの中は肌寒く、熱いコーヒーがちょうどいい。

早織とはじめて会ったときのことを、昨日のことのように思い出せる。

雑誌社は、〝三月号〟の出る二月を決算月としているところが多く、得意先を招いての年度納めのパーティもこの月に行われる。早織の会社も例外ではなかった。了はインターナショナルの代表として、あちこちから招待を受けていた。とはいえそういう場であからさまな売り込みをするのは性に合わない。多忙なこともあり、顔は出すものの、失礼のない程度に楽しみ、早々に退散するスケジュールを組んでいた。

早織と引き合わされたとき、そのスケジューリングを悔いた。

もともと了は、自分の魅せかたを正しく知っている人間が好きだった。そういう人間はたいてい自分にも環境にも満足しており、他者を思いやる余裕があるからだ。

早織は魅せかたを知っていた。しかし同時に、本当は自分は、そんなたいそうな人間じゃないんですと内心で恥じ入っているのも了には見てとれた。

その揺らぎに、妙に惹かれた。

『おーい、週末に観劇といかないか？　関係者席だから、臨場感には欠けるけど』

しばらくして、インターナショナルの事務所に顔を出した丈司が、了の顔を見るなり、持っていた招待券を引っ込めた。

『失礼。求愛活動中だったっけな。週末なんてとっくに埋まってるか』

『変な表現するなよ』

言い返しながら、了は顔が熱くなるのを感じた。

丈司は勤め先であるソレイユ本体と家との間にインターナショナルがあるため、ちょくちょく立ち寄る。年が同じこともあり、幼い頃から兄弟のように育ったふたりは今でも仲がいい。だが互いに要職についてからはさすがに忙しく、学生時代ほど頻繁には遊べない。

『今度会わせろよ、どこのだれか、全然教えてくれないじゃないか』

社長室のデスクに、丈司がひょいと腰かける。了は『いずれね』と濁した。

この頃には、二週とあけず早織を誘い出し、どこかへ出かけていた。了としてはデートと呼びたかったが、早織がどういうつもりかはわからなかった。

だけどどこへ連れていっても早織は楽しそうにはしゃぎ、よくしゃべり、過ごした時間のぶんだけ了に心を開いた。仕事を離れた場所での彼女は無邪気で、甘えてきたり勝手なことを言ったり、少し年下であることを感じさせたかと思えば、はっとするような落ち着いた知性を見せる。

初対面で予感したとおり、知れば知るほど溺れた。

『隠しておきたいほど大事なのか。まさか事務所の子じゃないよな？』

『まさか』

冗談めかしつつ、本気の牽制もにじませてくる丈司に苦笑する。所属モデルに手を出すような無節操なまねはしない。早織との関係をだれにも言ってないのは、取引先だからだ。嘘をついてまで隠したいわけじゃないが、おおっぴらにすることでもない。

丈司はにやにやと了の顔を眺め、ぽんと肩を叩いた。

『いつか紹介してくれよな』

『そうできるようがんばるよ』

『なんだよ、まだそんな段階なのか？』

拍子抜けしたように言われ、了はばつの悪さにだまる。丈司はため息をひとつつくと、さっきよりも強く了の肩を叩き、部屋を出ていった。

まだそんな段階だよ、悪いか。

ふてくされた気分で手帳を開いた。午後のスケジュールを確認していると、同時に週末の欄も目に入る。早織、とも書けなくて、なんとなく日付を丸で囲ってある。

いいじゃないか、楽しいんだから。

先へ進みたいけれど、あせることでもない。気持ちは伝えてある。あとは早織が決めればいい。自分はそのときを待つだけだ。

早織のそばで、待つだけ。

「さてと、もう行かなきゃ」

早織の声に、はっとした。いつの間にか彼女のカップは空で、縁についた口紅を指で拭っている。了も急いで自分のぶんを飲み干した。

「百合さんによろしく伝えて」

「うん。ねえ今日はやく帰ってこられない？　眞紀が赤ちゃんを連れて夕食に来るのよ。大人と会話したいって言って」

「へえっ、楽しそうだね」

エントランスへ向かいながら、了はこのあとのスケジュールを思い浮かべた。十九時半には会社を出られるはずだ。

「食後のデザートあたりには合流できると思う」

「待ってる。眞紀の子に会うのははじめてよね？」

「写真でしか知らない。すごい神野さん似だよね」

はっきりした顔立ちの男の子だ。笑ってしまうくらい似ているが、自分と恵も人のことを言えない。最近では一緒に外出すると、それこそ笑われる。

「半年で復帰するって言ってたんだけど、迷いが出てるみたい。こんなにかわいくて儚い存在だと思わなかったって。あの眞紀がよ」

「そりゃいいや。気持ちに余裕がある証拠だね」

「まこちゃんもいるしね」

だね、と了は同意した。恵は無事に保育園に入所が決まり、四月から楽しそうに通っている。真琴は恵のシッターを卒業した代わりに、神野のところへ家事のサポートをしに行くようになった。

でもねえ、と早織が顔をくもらせる。

「一年も休んだら、会社に忘れられるんじゃないかって。その不安、よくわかる」

「うまくいかないね」

一緒にため息をついた。働いていると一年なんてすぐで、たいていの会社はいつだって人手に飢えている。復帰を待ち望んでいるよ、と言ってやりたいが、それが事実であるとは限らないことも知っている。

ただでさえ大変なときに、そんなことであせってほしくない。必要なだけ子どものそばにいて、仕事が恋しくなったら戻ればいい。

そんなあたり前の環境が、どうして許されないのか。

せめて自分のかかわる会社では、男だろうが女だろうが、子どもがいようがいまいが、会社に来るのが楽しみで、家に帰るのも楽しみ。そんな日々を従業員に与えたい。

「経営に戻ろうかなあ……」

「あら、いいじゃない」

漏らしたつぶやきに、早織がにこっと笑った。グループ内で経営に携わることはしばらくできないが、外に出れば可能性はある。父の経営のそばにいたいという思いと、秤にかけることになるけれども。

ノウハウも人脈もあることだし、事務所を起ち上げてもいいかもしれない。そうすれば先ほどのようなモデルを呼び寄せてやれる。その結果、インターナショナルが自分たちの危機に気づいてくれたら一石二鳥だ。

なにがしたいのか。そのためになにができるか考えなければ。

考えた結果を行動に移せる。その自由がどれだけありがたいことか、了は早織や神野を見ていて痛感していた。そして自分に自由があるのは早織のおかげだ。

「ちょっと、そういう準備をするかもしれない」

「応援してる。でも夕食と朝食、どっちかは必ず恵と食べるのは約束よ」

「はい」

狭間家の約束事だ。了も早織も朝食をとらない習慣だった。けれどそれでは、家族で食卓を囲む機会がなさすぎることに気づいた。

『とはいえ朝ってなにを食べたらいいのかしら』

『イメージでは、トーストと目玉焼きと……サラダとか？』

『そんなもの、朝に食べたい……？』

ふたりとも不慣れすぎて、最初はこんな調子だった。変に気負わず、コーヒーを飲みながら恵の食事を見守るだけでいいと気づいたのは少ししてからだ。

いくつになっても、新しい体験ってあるものだ、とふたりで笑った。

「じゃあ夜、待ってるわ」

「なるべくはやく帰る」

ビルの前で、駅のほうへ歩いていく早織を見送った。

清潔感のあるブラウスとパンツ、華やかさと実用性を兼ね備えたパンプス。一見母親に見えないが、最近のお母さんてこういうきれいな人が増えたよな、と了は考える。仕事で出会う女性で、ご自身がモデルになれるんじゃゃと思うような人が、三人の子供を持っており一番上は高校生だ、なんて聞いてびっくりすることもある。

びっくりすること自体、頭が古い証拠かもしれない。ただそういう女性を見て、がんばってほしいと純粋に思える自分の感覚は、大切にしたいと思う。

彼女たちが自分の望む自分でいるために、どれだけ戦って、耐えて、陰で泣いているのかわかる。早織と再会してから、了はなんとなく、そういう理解をあたり前の認識として広めていくのが、自分みたいな立場の人間の使命と思うようになっていた。

しかし早織は、もう少しふくよかになってもかわいいと思う。本人は「太るひまもない」と言っているが、おそらく無意識に、スタイルを維持する習慣が身についているのだ。職業病に近いものだろう。

そういう意識の高さがありながら、押しつけがましくないところが本当に好きだ。

「鼻の下が伸びてるぞ」

早織のうしろ姿が見えなくなった頃、うしろから冷やかしの声がした。丈司だ。了は振り返りもせず答えた。

「お前に言われたくない」

「執行会議が三十分うしろ倒しになったとさ。俺、そうすると次の予定があるから出られないいんだよー。代わりに出てくれ」

「最初から自分が出る気なかっただろ！」

うん、と丈司は悪びれない。了はすでに目を通してある、今日の執行会議の議題を頭の中でさらった。事業部の再編成計画という、それなりに大きな話があったはずだ。

「戻ろう」と丈司を促し、エレベーターホールへ向かった。

了は一部署を任されているかたわら、丈司の補佐という役目ももらっている。そのほうが楽しいだろ、と軽い調子で授けられた肩書だったが、了は気づいていた。この従兄が、了をソレイユ本体の核の部分に、とっとと組み込んでしまおうと目論んでいることに。

もったいつけた態度が得意なくせに、欲しいものは最短距離で手に入れていく丈司は、了が本体の外で幹部修行を積み、一人前になってから本体へ来ようとしているのを迂遠と考えているのだ。さっさと本体へ来て、そこでのし上がっていけ、と。

インターナショナルの過去の社長の不始末で了が解任されたあとも、変わらず了に期待し、遠慮なく発破をかけてくる丈司の存在が、了にはありがたかった。

「あとで、相談したいことがあるよ」

「うん？」

グループを出るかもしれない、と伝えたら、彼はどんな顔をするだろう。


「どんな顔をしてた？」

「お、そうか、って案外普通の反応だった」

神野と真琴が辞去するのも待たず、腕の中で眠ってしまった恵を抱え直し、了はローテーブルからコーヒーカップを取った。ソファの隣に座った早織が、あきれ顔で両手を差し出す。

「いつまで抱っこしてるの。寝かせてくるから」

「いいよ、もう少しこうしてる」

こちらにすべてを預けて熟睡している娘。これより愛しい存在なんてこの世にあるだろうか。

「いや、あるね」

「は？」

了は首を伸ばし、早織の額にキスをした。早織はぽかんとしている。

「なに？」

「なんでもない。神野さん、元気そうでよかった」

「まこちゃんもいるし、赤ちゃんもよく寝るし、生活のペースが整うのがはやかったのね。そうすると時間があくから、バイトしたいなんて言ってた」

「マノの仕事を委託したら？」

「私もそれを考えてたのよ」

早織が口の端を上げる。なにかたくらんでいる顔だ。

「Selfish のWEB版の制作をマノが請け負おうと思って、今度編集部に提案に行くつもりなの。その企画に眞紀を巻き込むわ」

「紙版を食う気満々だろ」

「人聞きの悪いこと言わないで。切磋琢磨したいだけよ」

とぼける早織に、了は笑った。

早織は怒っているのだ。神野を追い出した編集部に対して。早織の周囲に怒りを覚えた了と同じように。

ソファの背もたれに頭を預け、了はふーっと息を漏らした。

人生なにが起こるかわからない。三十年ちょっとしか生きていない身で言うことでもないかもしれないが、自分にはわりと言う資格がある気もする。

足場は思いもよらないときに崩れる。環境はおかまいなしに変わる。

だけどそういうとき、それまで築いてきたものが、必ず救いの手を差し伸べてくれることも了は知った。自分が成したことや、紡いだ絆。窮地に陥ったとき、自分を助けるのは、過去の自分だ。

だから人は、一生懸命生きるのだ。その日その日のベストを尽くし、人に手を差し伸べるのだ。それが積もって、いつか自分の財産になるから。

「がんばろ、俺」

「どうしたの、急に」

早織が不思議そうにする。了は肩をすくめた。

「手抜きしないで生きると、報われるって学んだんだよね」

「了ってそういうところ、けっこう体育会系よね」

「精神論と根性論は違うからね、言っとくけど」

はいはい、と了の唇におざなりなキスをし、早織は恵を抱き上げた。

「寝かせてくる。そのあとで一杯飲みましょ」

了はうなずき、寝室までついていこうと思った。恵が手足を投げ出して眠っている姿を見るのが好きなのだ。起きているときももちろん好きだが。

けれどポケットの中の携帯が震えたので、あきらめた。リビングを出ていく早織を見ながら、見知らぬ番号からの着信に応える。

「はい」

『兄さん？　事業部か大きめの部か、そういうのを任せてもらえる仕事ないかしら』

単刀直入にもほどがありすぎて、頭が追いつかなかった。上の妹だと理解するまでに数秒を要し、これが年明けに早織を親族に会わせたとき以来の会話だと気づくのにさらに数秒かかった。

「あのなあ……」

『なければいいの、ほかをあたる。今やってるアカウントマネージャーの仕事も二年目で、それなりに成功してるから、次のキャリアを考えたくて』

さすがに兄妹だから気を許しているのもあるが、この妹は基本、こういう感じだ。

自信に満ちあふれ、それだけの実力も備え、厄介なことに妙に愛嬌がある。

よくこれと結婚しようと思ったよ、と若かりし丈司の無謀さにあきれながら、了は髪をかき上げた。そしてはたと思いついた。

「あるよ、ポジション」

『ちょうだい』

「本体だけどいいか？」

電話の向こうから、えーという渋い声が聞こえた。彼女はグループの空気が好きじゃないのだ。大学を出てすぐ本体で勤めたが、甘やかされているのか試されているのかわからなくて気持ち悪い、と言って転職し、以来近づこうとしなかった。

『具体的にはどんな仕事？』

「ジョージの尻を叩く仕事」

しばしの沈黙のあと、『今度詳細を教えて』と明るい声がし、通話は終わった。どこまでも自分本位な妹にはあきれるばかりだが、彼女はこの個性で戦い、勝利してきている。だったらなにを言う必要もない。

ふふっと思わず笑みがこぼれたとき、ちょうど早織が戻ってきた。

「電話してたの？　楽しい話？」

「すっごい楽しい話。話すから、聞いてよ」

「待って、ワイン用意してくる」

早織が急ぎ足でキッチンに向かう。了は今後を想像し、ひとりでまた笑った。

本当に人生はわからない。やりたいようにやっているように見えて、分家筋である身の丈をだれよりも意識し、正統な後継である了を立て、自分は一歩引こうとする丈司に、了はいつももどかしさを感じていた。

ここのところそばで働いていて、その思いはいっそう強まった。自分で上に行けばいいのに。了を押し上げようとせず、自分が階段を昇ればいいのに。

その願いが叶うかもしれない。

丈司本人は嫌がるかもしれないが、まあ本気で嫌がるならやめればいい。了自身はその間、外でしたいことをする。いずれソレイユに戻るときが来るかもしれない。来ないかもしれない。それはそのときの風向きが決める。

「はい、どうぞ」

目の前に、赤ワインの入ったグラスが差し出された。受け取ると早織が隣に座る。

「はやいね」

「話を聞きたくて」

了に寄りかかり、グラスをぶつけて先に飲みはじめている。了はその肩を抱き、ワインの香りのする唇に口づけた。早織がきょとんとする。

「話は？」

「するよ」

もう一度キスをした。早織は抵抗しない。

正直、父親が倒れてから早織と再会するまでの期間は、思い出そうとしても断片的な記憶しか出てこない。それほどにきつかった。

だけど早織を探し出すと決めたとき、なにかが開けた。背中を押したのは、なりふりかまわず早織を求めた、過去の自分。

やり直すんだ、絶対に。もう一度手に入れるんだ。

あの頃信じていた、早織と歩く未来を。

やまないキスに、早織が「話は？」と再度小さく聞いた。ただそれも、一応聞いてみただけであるのが、グラスをテーブルに置いたことからわかった。

了もグラスを置き、本格的に口づけ、早織を抱きしめた。しがみついてくる彼女に体重をかけ、ソファに倒す。

なにが起こるかわからない。明日には家もないかもしれない。

絶対になくならないのは、心だけ。自分の気持ちだけだ。それから過去。痛みも苦さも、本気で生きた結果なら、いつか必ず自分の力になる。悩んだって逃げたっていい。それが精いっぱいだったと、胸を張れる日はきっと来る。

「愛してるよ」

「了ってそれを言うとき、なんか得意げなのよね」

鋭い指摘に、了は噴き出した。言われてみればそうかもしれない。ソファの上で重なりあい、腕の中におさめた早織に、何度もキスを降らせる。

「私に愛してるって言える俺、えらいよねって思ってるんでしょ」

「そうかもね」

「なんて答えればいいわけ？」

眉根を寄せる早織に、了は考えた。

「えらいえらいって」

「変じゃない？」

それもそうかと思い、考え直す。

「じゃあ、うれしいって言って」

早織は目をしばたたかせ、それから微笑んだ。了の首に回した腕に力を込め、ゆっくり引き寄せる。唇が触れる直前、ささやいた。

「うれしいから、もっと言って」

ワインの香りを、互いの呼気で温めるようにしてキスをする。

何度だって言うよ。

了はささやきを返し、ふたりで眠りにつくまでのひととき、それを実践した。

Fin

あとがき

こんにちは、西ナナヲです。子どもを持つヒロイン、いかがでしたでしょうか。原題は『両手で愛して』でした。母であり仕事人であり女性であるヒロインを、まるっと愛することのできるめちゃくちゃ包容力のあるヒーローにするはずが、ヒーロー本人こそいろいろと必死にならざるを得ない物語に仕上がりました。

子どもを持つ女性だけでなく、すべての生きづらい人へ、と（偉そうなことを）思いながら書いた話ですが、思いがありすぎたせいか若干疲れる話に仕上がってしまい、書籍化にあたってかなり手直しをしました。ここまで直したのははじめてです。普段は話を書くうえで、あまり明確にメッセージを決めません。あくまで物語は登場人物たちのものであり、よかったらそれを眺めてみてください、という感じで書いています。やはり慣れないことをするとつまずくものです。精進あるのみです。

雨女の友人がいます。私自身は雨や晴れの属性を持っておらず、しいて言えば雨人間と行動すると嵐が来て、晴れ人間と行動すると接近していた台風がいきなり進路を変えて快晴になるみたいな、ブースターの役割を果たすことが多いなとこれまでの人生で感じてきました。その友人と先日久々に遊ぶ約束をしていたところ、やはり台風が来て予定が流れました。二か月前から楽しみにしていたのに……。

血液型の性格診断と同じで、「最初からそうだと思っているから、それが実現したときのことだけが記憶に残る。それが積み重なった結果」だと言われますね。でもどう考えても、その友人と出かけるときは雨が多いんです。彼女が雨女であることは最近まで知らなかったのに、です。やはり雨人間、晴れ人間は存在します。血液型による性格の分類も信じています。だってそれが本当でなければ、なぜ私の知る史学部生はA型ばかりで、美大卒のグラフィッカーはAB型とB型が九割を占めているのか、説明がつきません。信じたほうがおもしろければ信じることにしています。

最近、肩がこったと感じないレベルに肩こりがひどいです。「身体が思うように動かないな」と思いマッサージに行くと、「肩甲骨が背中に張りついて、まったく動いていません」と言われます。ジム通いでもはじめようかと軽率に計画中です。

文庫化に際しご助力をいただいた各位、またここまで応援してくださったみなさまに、心からの感謝を込めて。

西《にし》ナナヲ

西ナナヲ先生への
ファンレターのあて先

〒104-0031
東京都中央区京橋1-3-1
八重洲口大栄ビル7F
スターツ出版株式会社　書籍編集部　気付

西ナナヲ先生

本書へのご意見をお聞かせください

お買い上げいただき、ありがとうございます。
今後の編集の参考にさせていただきますので、
アンケートにお答えいただければ幸いです。

下記URLまたはQRコードから
アンケートページへお入りください。
http://www.berrys-cafe.jp/static/etc/bb

冷徹社長は溺あま旦那様
ママになっても丸ごと愛されています

2018年11月10日　初版第1刷発行

著　　者　西ナナヲ
©Nanao Nishi 2018

発 行 人　松島 滋

デザイン　カバー　河野直子
フォーマット hive & co.,ltd.

校　　正　株式会社　文字工房燦光

編集協力　妹尾香雪

編　　集　福島史子

発 行 所　スターツ出版株式会社
〒104-0031
東京都中央区京橋1-3-1　八重洲口大栄ビル7F
TEL　販売部　03-6202-0386（ご注文等に関するお問い合わせ）
URL　http://starts-pub.jp/

印 刷 所　大日本印刷株式会社

Printed in Japan

乱丁・落丁などの不良品はお取替えいたします。
上記販売部までお問い合わせください。
定価はカバーに記載されています。

ISBN 978-4-8137-0561-1　C0193

ベリーズ文庫 2018年11月発売

『冷徹社長は溺あま旦那様 ママになっても丸ごと愛されています』 西《にし》ナナヲ・著

早織は未婚のシングルマザー。二歳になる娘とふたりで慎ましく暮らしていたけれど…。「俺と結婚して」――。かつての恋人、了が三年ぶりに姿を現してプロポーズ！　大企業の御曹司である彼は、ずっと早織を想い続けていたのだ。一度は突っぱねる早織だったが、次第にとろとろに愛される喜びを知って…!?

ISBN 978-4-8137-0561-1／定価：本体630円＋税

『ご縁婚～クールな旦那さまに愛されてます～』 葉月《はづき》りゅう・著

恋愛未経験の初音は経営難の家業を救うため、五つ星ホテルの若き総支配人・朝羽との縁談を受けることに。同棲が始まると、彼はクールだけど、ウブな初音のペースに合わせて優しく手を繋いだり、そっと添い寝をしたり。でもあるとき「あなたを求めたくなった。遠慮はしない」と色気全開で迫ってきて…!?

ISBN 978-4-8137-0564-2／定価：本体640円＋税

『エリート外科医と過保護な蜜月ライフ』 花音莉亜《かのんりあ》・著

事故で怪我をし入院した久美。大病院の御曹司であるイケメン外科医・堂浦が主治医となり、彼の優しさに心惹かれていく。だけど彼は住む世界が違う人…そう言い聞かせていたのに、退院後、「俺には君が必要なんだ」とまさかの求愛！身分差に悩みながらも、彼からの独占愛に抑えていた恋心が溢れ出し…!?

ISBN 978-4-8137-0563-5／定価：本体630円＋税

『【溺愛注意！】御曹司様はツンデレ秘書とイチャイチャしたい』 きたみまゆ・著

大手食品会社の専務・誠人の秘書である詩乃は無愛想で、感情を人に伝えるのが苦手。ある日、飼い猫のハチが亡くなり憔悴しきっていると、彼女を見かねた誠人が自分の家に泊まらせる。すると翌日、詩乃に猫耳と尻尾が!?「ちょうどペットがほしかったんだよね」――専務に猫かわいがりされる日々が始まって…。

ISBN 978-4-8137-0562-8／定価：本体650円＋税

『独占欲強めな社長と政略結婚したら、トキメキ多めで困ってます』 藍川《あいかわ》せりか・著

兄が経営するドレスサロンで働く沙織に、大手ブライダル会社の社長・智也から政略結婚の申し出が。業績を立て直すため結婚を決意し、彼の顔も知らずに新居に行くと…モデルさながらのイケメンが！　彼は「新妻らしく毎日俺にキスするように」と条件を出してきて、朝から晩までキス＆ハグの嵐で…!?

ISBN 978-4-8137-0565-9／定価：本体630円＋税

タイトル、価格等は変更になることがございますのでご了承ください。